野球SF傑作選
ベストナイン2024

齋藤隼飛編

KAGUYA Books

社会評論社

はじめに

齋藤隼飛

「人は野球に夢を見る」――これは、マイケル・ルイス監督の映画『マネー・ボール』（二〇〇三年）に登場する有名な一節だ。

「人生と違って野球はフェアだ」――こちらは、トニー・スコット監督の映画『ザ・ファン』（一九九六年）のセリフである。

人は野球に人生そのものを見出し、人生の外側をも見出す。一方、ＳＦ（サイエンス・フィクション）は「もしも」を想像する力で物語を紡ぎ出すジャンルだ。

この百年間で、人類は野球とSFを組み合わせて様々なストーリーを生み出してきた。消える魔球、不思議なジンクス、宇宙を舞台にした熱闘……。「野球SF」というジャンルでは数多くのアイデアが生まれ、豊かな作品群が蓄積されてきた。『野球SF傑作選 ベストナイン2024』と題した本書では、二〇二四年現在の視点で読んで楽しめる国内の野球SFの短編小説を集めた。せっかくなので「ベストナイン」として9つの短編を集めたが、収録順は「上位／下位」という分け方はしておらず、「打線」としての繋がりを意識している。また、前半の収録作は文字数の少ない掌編が多いため、普段小説を読まないという人にも読みやすい作りになっているのではないかと思う。三作品ごとにコラムとエッセイも収録しているので、野球を観るときのように各回で気分転換をしながら読んでいただきたい。

本編に入る前に、収録作を簡単に紹介しておこう。トップバッターを務める**水**

町綜「星を打つ」は、井上彼方編『SFアンソロジー新月／朧木果樹園の軌跡』（Kaguya Books／社会評論社）に収められた、エンタメ性の高い一編。遠未来を舞台に宇宙規模のストーリーが展開される。**溝渕久美子「サクリファイス」**は、そのタイトル通り、近未来の日本プロ野球界を舞台に「送りバント」について扱った作品だ。第三回かぐやSFコンテスト選外佳作の隠れた傑作。**関元聡「月はさまよう銀の小石」**は、同コンテストの最終候補としてネット上で多くの支持を得た作品だ。舞台はアメリカに移り、あり得た歴史を描き出す。

ここで、**千葉集**による書き下ろしコラム**「わたしの海外野球SF短編ベストナイン」**を楽しんでいただきたい。今回の『野球SF傑作選』は収録作を国内の短編に絞ったが、もちろん海外の野球SFも百花繚乱。このコラムでは、その歴史を遡って英語圏の野球SFを紹介している。

再びアメリカを舞台にした**暴力と破滅の運び手「マジック・ボール」**は、第三回かぐやSFコンテストの大賞受賞作。「消える魔球」を題材に多くの読者の心を鷲掴みにした名作で、谷脇栗太が手がけた本書の表紙イラストは「マジック・ボール」のワンシーンを描いたものだ。続く**小山田浩子「継承」**は、著者の短編集『小島』（新潮文庫）に収録された広島カープ三部作の一つ。ぜひ同書収録の「異郷」「点点」と合わせて読んでいただきたい。「継承」と同じくファンに焦点を当てているのが**新井素子「阪神が、勝ってしまった」**。阪神タイガースが日本一になった翌年にこの名作を『野球ＳＦ傑作選』に収録できる幸運に感謝したい。

高山羽根子のエッセイ「永遠の球技」は、ＳＦウェブマガジンの**Kaguya Planet** に掲載されたものに若干の改稿を加えて収録。「原理上、永遠に終わらないということも可能なスポーツ」である野球を、様々な作品での描写と共に読み解いていく。

鯨井久志「終末少女と八岐の球場」は本書で唯一、同人誌からの再録作品。永遠に続く野球という「茶番」と主人公たちはどう向き合うのか。サブカル愛に満ちた小ネタがふんだんに仕込まれている一方で、メランコリックな現代を乗り越えていくためのメッセージを持った力強い作品だ。『小松左京アニメ劇場』でアニメ化もされた**小松左京「星野球」**は、一九六四年に星の間で野球を行うアイデアを描き出した先駆的な作品で、今でも同じアイデアをベースにした後続作品は生まれ続けている。野球ＳＦの名作を今こそ紹介したい。トリを飾る**青島もうじき「of the Basin Ball」**は、メディアレーベル〈**anon press**〉で発表された作品。「インフィールド・フライ」をテーマにした、ＡＩのような語りが魅力の短編だ。本屋**toi books**の店主である磯上竜也による作品解説も収録しているので、最後まで楽しんでいただきたい。

大抵のアンソロジーに言えることだが、選考基準は編者の好みだ。本書を読み終わったとき、この打線に勝てるような、あなたのベストナインを聞かせてほしい。

水町綜

So Mizumachi

星を打つ

1

見慣れた空の先へ、目線を合わせる。

物心がついたころから、そこに張りつく色彩は面白みに欠けた灰色だけだった。気温は摂氏十度程度、昨日よりもずっと暖《あたた》かだ。息苦しさは感じなかった。少なくとも、ここにあるのはいつもの粉塵まみれの空気ではない。つまり調子《コンディション》は良好。年代物の四輪駆動車に体重を預けながら、ダタは無数のクレーターに抉《えぐ》られた地表に踵で立って
「配置についたけど、首尾はどう？」

後方に聳《そび》え立つ全長六百メートル越えの機械塔――〈反射塔《レシーバー》〉を見上げながら無線機に唇を近づけて、問う。

『信じられん……！　お前らの言った通り、モードが〈腐敗《ファウル》〉から〈蛞蝓《スラッグ》〉に切り替わっ

たぞ！』

無線越しに跳ね返るキマサの声は、震えていた。

「ほら？　カサトの言ってた通りになった」

「いや、ぼくだって、まだ信じられないよ……」と、当のカサトは助手席で不安げに背中を丸めて、

「自信持ちなって。なにせこれから私たちは、世界を救うんだから、さ」

こつんと、ダタは委縮した相棒の背をひび割れたフロントガラス越しに叩いた。

『お喋りはそこまでだ。来るぞ。準備しろ』

「そら、おいでなすった」

ダタはひらりと運転席に乗り込んで、眇《すが》めるように空を睨む。反射塔の遥か上空に、おぼろげに目視することができた。赤い軌線をあとに引き、天から真新しい破滅が堕ちてくる。濁った空の向こうから、膨大な災厄をばら撒くために流星《ほし》が降る。

それは地上を滅するための「弾丸」だ。伝え聞くところによると、どうやら〈ガニメデ〉と呼ばれる遠く離れた場所から投じられている、らしい。

らしいというのは、それについて詳しく知っている者は、もはや地上に誰も残っていないからで、ダタの親の親の親の世代よりもずうっと昔——それこそ気の遠くなるような大昔から、これは続けられているそうだ。見知らぬ異星との、このあまりにも一方的な〈星間戦争〉は……。

現在進行形で撃ち込まれ続けている弾丸は、地表からあっさりと文明を剥がし落とした。これを始めた当事者はもういない。どうしてこんなことが未だに続けられているのか、理由もわからない。誰もなにも知らない。

地上に残った頼みの綱の防衛機構——反射塔だって、今ひとつぼんやりとしている。謎めいた〈腐敗《ファウル》〉モード下にある反射塔は側面から突き出たアーム型機構をゆるく振るい、感知した弾丸を成層圏の向こうへと強引に送り返そうとする。しかし大抵の場合、それはあまり上手くいかない。アームによって申し訳程度に勢いを殺され、淡く弾かれた流星はけっきょく地表に叩きつけられることになる。

赤々と燃える星が弾け、光を撒き散らしながら地平に吸い込まれていくさまはぞっとするほど美しくて——地表に甚大な被害を齎すことをのぞけば——誰だって、その光景を手放しで綺麗だと思うだろう。

でも、もう沢山だった。うんざりするほど繰り返されてきたこの不毛なやり取りに、その先にまき散らされるお馴染みの哀しさに、これ以上つき合ってやるつもりはない。

アクセルの真上に足を乗せる。暖機は十分。いつでも飛び出せる。

『始まるぞ！』

キマサの通信と呼応して、それは始まる。

地響きを伴い、堆積した塵と錆を盛大に引き剥がしながら〈蛞蝓《スラッグ》〉モードに移行した反射塔が――永きに渡り、緩慢に流星を弾き逸らすだけだった無体な機構が、ダタたちの目の前ではじめて動的に駆動する。ごうっと空気が唸り、凄まじい勢いでアームが唸る。流星目掛け、掬い上げるようにしてその末端を振り上げた。直後、接触。

星が、爆ぜる。

上空で衝撃波と閃光を撒き散らし、散弾のように破砕された流星が飛散する。その「核」となっていたものが、凄まじい速度で天に向かって打ち返されていくのをダタはしっかりはっきり視認して「行く、ぞぉ」

ギアを入れ替え、蹴飛ばすようにアクセルを踏み込んだ。

地面に埋め込まれた白い〈五角形〉を起点として、車輛は猛加速する。その直線運動の先にある次の〈基地点〉を目指して。

「相も変わらず、ぴしっと狙ってくるね」

反射塔と砕け散った星の名残りを彼方に背負いながら、ダタは呆れるように目を細める。

およそ三年に一度の周期で撃ち込まれてくる弾丸の、その精度は恐ろしく正確だ。

「攻撃が周期的なのは地球とガニメデの会合周期——つまり、ふたつの星がもっとも接近するタイミングに合わせて、この攻撃が行われているからだと思うけど……」

速度に怯んだように、胸の前でぎゅっとシートベルトを掴みながらカサトは続けて、

「それ以上に不思議なのは、撃ち込まれてくる流星の進路が、減速と大気圏突入回廊への進入経路を巧みに採択した上で、狙い違わずぴたりと反射塔へ向けられ続けていることだと、思う。それはつまり、これを続けている人たちが凄まじい技術力を持っていることの証左なんだけど、それにしたって、あまりに不条理な部分が多くて……。

いや、元からこんなことをやる人たちに、ぼくたちの常識を持ち込む時点でナンセンスなのかも知れないけれど……」

「ようするに、まともじゃない、ってコトでしょ？」

ダタは皮肉っぽく口角を持ち上げる。なんにせよ、今の地上にこれを阻止する方法はなかった。積年の星間攻撃によって宇宙航空技術が失われてから久しく、頼みの綱の防衛機構、反射塔の機能も根本的な解決策にはならない。ただ巻き上げられる土砂によって徐々に進行してゆく寒冷化と各種地殻変動によって、人類は淡々とその歴史に幕を降ろしていくのだと、誰もが信じて疑わなかった。もちろん、ダタも無力なそのひとりだったのだけど――だけど、今はもう違う。

「恐ろしく頭が良くて技術があるのに、だのに連中のやり方が、攻撃のやり方としてはまるで利口じゃないってことは……」

「うん。辻褄は合っていると、思う」

何故なら、彼女たちはついに発見したからだ。この理不尽な戦争《ゲーム》に抗うための、起死回生の法則《ルール》を。……たぶん、だけれど。

「――第一基地点、通過！」

無線機に報告を投げた。目視した基地点の端をタイヤで踏みつけ、ヒールアンドトゥの要領で速度を殺さず、なめらかに進路を変える。事前に調査は済ませてある次の基地点まで、およそ二十キロメートル。恐ろしく順調だった、今のところは。

「このまま何事もなく、最後まで無事に周回できれば良いんだけど……」

助手席で、カサトは不安げに息を吐く。上手く行けば、小一時間程度でこの儀式めいたすべての行程《ランニング》を終えることが可能だったが……、

「まぁ、まず無理だろうね」

他ならないカサト自身の研究が確かなら、恐らく、これから連中の反撃が始まることになるだろう。しかし、もしそれが実際に起きるのなら、その事象自体が証明となるのだ。

この一年間、ダタたちが辿ってきた道筋の、その正しさの――。

「――これはあくまでも仮説だから、話半分で聞いて欲しいんだけど」

次の攻撃予想日まで一年を切ったころだった。ある日、カサトはダタとキマサを自身の仕事場に呼び出した。仕事場といっても、そこはほとんど「ごみ溜め」のような場所で、使い方のわからない機械や解読の進まない古代の文献、大きなタヌキやカエルの置物、セガサターン、地母神や神話の神々を模したと思われる、異様に精巧な色とりどりの髪色を持つ少女たちの人形、壊れて動かなくなったネコ型配膳ロボットなどなど……各地の遺跡化した文明の残滓から彼や彼の同業者が拾ってきたがらくたで部屋中いっぱいだった。

空間を所せましと覆い尽くす廃物の隙間を縫うようにして、カサトはふたりの前に古ぼけた本を広げて見せて「これは大昔の、スポーツや競技のルールを書き記した本なんだけど……」

「それがどうした？　お前らみたいな木っ端《こっぱ》と違って、俺は忙しいんだ」

経年劣化によってすっかり日焼けし、茶色く変色した本を前に、キマサは軽蔑混じりのまなざしを落とす。堆積した前時代の遺物を発掘調査することを生業とする〈史《し》視《み》〉の一員であるカサトとは対照的に、キマサは流星に対処するための知識体系を維持する〈星見《ほしみ》〉に属していた。技術に資源、食糧生産に各種インフラ……すべてが劣化してゆくこの時世において、人類が生き永らえるための現環境を保守管理する自らの職務に、キマサは絶対的な矜持と責務を持っている。とりわけ、反射塔はその象徴だった。

対するダタは流星によって分断された各地にモノや人を送り届けるしがない〈運び屋《クーリエ》〉で……幼いころは一緒になってよく遊んだものだが、三人が三人、まったく違う進路を辿った今となっては全員が一堂に会することはごく稀だった。だからだろうか、憎まれ口を叩きながらも、キマサが素直に呼び出しに応じたのは。

いつになく興奮しているらしい。内気なカサトにしては珍しく、前のめりで語らって「ふたりとも……**〈野球〉**、って知ってる?」

「知らん」「なん、それ」

「投じられたボールを、打者が棒で打ち返すゲームなんだけど……」

それからカサトは自身が発見した〈野球〉なる球技のルールを早口で捲し立てた。

はじめこそ、ダタたちはうんざりとその説明を聞き流していたが、次第に気がつく。

自分たちを取り巻くこの現状に対する、構造的な相似を……。

「まさか貴様……今のこの状況が、お前が見つけた、『それ』だというつもりか？」

おずおずと、カサトは頷いて「走者がいないと、ヒットを打ってもゲームが進まない。だからきっと、打者である反射塔は待ち続けているんだ。ファウルで粘り続けて、強打《スラッグ》するために。誰かが、スタート位置につくのを……」爛々《らんらん》と目を輝かせて、言う。

「んな、アホな」

ふたりは絶句する。カサトの話はあまりに胡乱《うろん》に過ぎて、正気とは思えなかった。

「カサトがバグっちゃった。どうしよう」

きっと思い詰め過ぎてしまったのだろう。幼馴染の豹変ぶりにダタは動揺したが、しかしキマサは神妙そうに腕を組んで「……そうか。そうなのかも、知れないな」と彼の荒唐無稽な話を笑い飛ばすことなく、深々と頷いてみせて「それで、俺を呼び出したということは、何かして欲しいことがあるのだろう？　言ってみろ。出来る限り、手を貸してやる」

異様なまでの物分かりの良さをみせた。

「キマサもバグった」ダタはいよいよ狼狽えて「えっ、何？　どうしたん？　ひょっとしてみんな、疲れてる？」

「そうだな。強いていうなら……この馬鹿みたいな状況に対して、何もできないまま大真面目に付き合ってやることに、疲れた」

キマサは自嘲するように口角を持ち上げて「どうせ死ぬまで怯えて生きるなら、一か八か、全力で悪ノリしてみるのも悪くないさ」

それから事態は一気に動きだした。彼自身も飽き飽きとして、倦んでいたのだろう。キマサは方々に驚くほどスムーズに手を回して、カサトの発見と考察をもとに発掘調査を開始した。

ほどなくして彼らは、反射塔付近に埋め込まれていた五角形のモニュメントを「始点」とする等間隔で結ばれた総計四つの〈基地点《ベース》〉と、地下に埋まっていた化石化したスコアボード（そこにはここまでの試合状況が神経質なまでに細やかに書き記されており、延長九百九十九回裏、両チームともに無得点だった）を発見して……この戦争《ゲーム》を終わらせるための準備が、整い始めていた。

「――しかしなんでまた、昔の人はこんなことをしようと思ったんだろうね」

ダタたちの行程は着々と進み、すでに二つ目の基地点を通過していた。

「何百年も昔のことだけど、この地域でアマチュアの試合が行われていたらしいんだ」

此度《こたび》の大規模調査によって、新たに出土した情報群をまとめた目録を捲《めく》りながら、カサトは答えて「試合は記録的な、何日も何ヶ月も何年も延長に次ぐ延長を重ねて……ちょうどその頃に流行っていた人体改造技術を用いた強化人間たちが選手として投入されたところまでは、いちおう記録が残っているんだけど……」

「で、決着がつかないままそれが高じて、どんどんスケールが大きくなって……そのうちどちらかのチームが異星人と手を組んで、現在進行形で星を跨いで〈試合《ゲーム》〉を続けてるってコト？　ハ、馬鹿らし……」

「本には、『野球で勝つためには何をしてもいい』って書いてあるけど……」

「だからって、さぁ」

途方に暮れるよう、ダタが天を仰いだときだった。

『――喜べ。お望みのものが観測されたぞ』

キマサから、通信が入る。

『第三宇宙速度でかっ飛んだ打球は大気圏を抜けてデブリに跳ね返ったあと、守備に捕球された。つまり試合はインプレー中で、大気圏外から、捕球したボールを持って異星の無人機が突入してきている。タッチアウト狙いで、〈走者《ランナー》〉目掛けてまっすぐ突っ込んでくるぞ！』

ダタは視界の端でそれを捉える。赤熱した流星が厚い雲を割って、頭上に舞い戻る。トロヤ群に配置されていた異星の守備装置が、すさまじい速度で降下する。地上にはりつく、ちっぽけな彼女めがけて。

直撃すれば、間違いなく死《アウト》。文字通り、死ぬことになるだろう。

車輛はすでに三つ目の基地点を踏みつけていて、あとひとつ。このままスタート地点まで生還すれば、得点となる。あとは最後までこのまま愚直に直進するだけだったが……それだけなのに、胃の奥から冷たさが込み上げてくる。息が速くなる。

「やば……手、震えてきちゃった、な」

なにかひとつ過《あやま》てば、台無しになる。死に繋がる。そう思うと、奥歯がかちかちと震えてきて――いや、違う。死ぬことよりも恐ろしいことは、ここでしくじり、再びこのゲームが更に〈延長〉されることだ。

急かすようににじり寄る恐怖が、ステアリングを握る指先で暴れ出す。ダタはそれをなんとか飼い慣らそうと、ぎゅっと唇を噛み締める。落ち着け、落ち着こう。大丈夫、きっとぜんぶ、上手くいくから……。自分自身に、必死にそう言い聞かせる。けれども、駄目だった。どうしようもなく身体のあちこちがぶるぶると震えてきて、目の奥から、じわりと熱い水が染み出してくる。そのときだった。

「ダタ、あれ……」

カサトが指さす先へ、滲む目線を合わせると、

「行け行け！」「あと少しだ！　気合入れろ！」「がんばってっ！」「そこだ！　一気にまくれ！」「ぶっ殺せ！」

最初にして最後の基地点の前に、大勢の人だかりが出来ていた。

それは星見や、噂を聞きつけて地下のシェルター街から上がってきた市井の人々だった。ぎゅうぎゅうに押しよせ、野次を飛ばす者たちの手前、いわゆる三墨側のコーチャーズボックスにはキマサが待機していて「回れ！　回れ！」と声を張りながらぶんぶん腕を振り回している。

「——みんな、アホだね」目の端を拭いながら、ダタはぽつりと呟く。状況とまるでそぐわない、そのどこか能天気な光景を前にして、一気に気持ちが軽くなっていた。

「そういうの、死んでも治らないらしいよ？　だから昔の人は一緒になって、踊って治そうとしたんだって」

「だったら命ある限り、一生懸命、踊るかぁ」

微《かす》かに笑う。カサトも、あのキマサも、ここに集った誰も彼もが自分と同じ気持ちを抱えているに違いない。天災の類だと、人の手では抗えぬものとして誰もが諦観してきた災禍に対して、はじめて人がその仕組みを解きほぐし、真っ向から立ち向かおうとしている。それはささやかな願いで、祈りで——人間が無為でちっぽけなものではないと、そう信じたいのだ。

みんな同じだった。みんなどうにもならないことを少しでもどうにかしたくて、だから矢も楯もたまらず、こんなところまで出てきてしまったのだ。そう思えば、やにわに恐怖がやわらいできて――ああ、そうだ。仮にここでドジを踏んだって、みんなけっこう気合入ってるから、自分じゃない次の誰かが、次はもっと上手いことやってくれるかも知れないから、だから、気楽にいこう。そんなことを考えながら、ダタはスムーズにギアを入れ替えた。

「着弾するぞ！　よけろ！」

キマサが叫ぶ。首筋に、ぞわりと冷たい気配が触れる。真上から、赤熱した金属の塊が迫ってきていた。その先端には冗談みたいに白い球が取りつけられていて――「こな、くそ！」

限界までアクセルを踏み込み、最大加速。向かい風が鋭く叫んでいる。車輛は異常な悲鳴を上げて、いよいよエンジンが焼けつき始める。それでもダタはやめなかった。今にもバラバラになりそうな速度を抱えたまま、歯を食いしばって距離を削る。目と鼻の先には最初にして最後の基地点があって——刹那、世界が爆ぜた。

土砂混じりの熱波が肌を叩き、意識が磨滅する。重力の軛《くびき》から切断されて、浮遊感が全身を覆う。車はおもちゃのように裏返り、押し出されるようにダタたちは地面に投げ出され、ごろごろと地球の上を転がる。殺到する痛みと熱さの奔流に洗い流されながらも、それでもダタはなんとか意識をこの場に繋ぎ留め、無限にも思われた流転のその先へ手を伸ばした。無我夢中に差し出された指先が、地面に埋め込まれた白色の五角形に——ホームベースに触れる。

ゲームセット。

爆発的に歓声が沸き上がった。ダタはしばし、乾いた大地に全身を投げ出したまま「ばんざい、ばんざ～い」と歓呼の声を張り上げる人々の様子を眺めていた。沸き立つ歓喜の中枢では、何故だかキマサが集まった人々から胴上げされている。

土の上から、むくりと上体を起こした。後方には小規模なクレーターが出来ていた。どうやら直撃は免《まぬが》れたらしい。生きていることに、見知った世界がまだここに残っていることに安堵して、ほっと息をつく。

「まぁ、本当にこれで終わったかどうかは、わからないけど……」

「きっと、終わるよ」

頭上から声がして、すぐそばにカサトが立っていた。額から出血していたが、それを拭うこともなく、彼はクレーターの中心にあるものを目でさした。焼き焦げ、ぶすぶすと白煙を吐き出す異星の守備装置を……。

「落下の衝撃でぼろぼろになってるけど、それを差っ引いても、見るからに状態が悪い。ろくにメンテもされず、ずっと放置されてたみたいだ。それこそ、何十年も、何百年も……」

「ふぅん」ダタは地に穿《うが》たれた、出来立てほやほやの笑窪《えくぼ》を睨んで「だったら、あながちまぐれってワケでもなかったわけだ」

「あれだけの科学力を持っているんだ。それこそ、やろうと思ったら直撃できたのだろうけど、でも、そうはならなかった。だからぼくが思うに、これは意図的に仕組まれた挙動で……〈こっち〉と同じように、〈向こう側〉にも、どうにかしてこの戦争《ゲーム》を終わらせようとした人たちがいたの、かも」

「案外、そうかもね」

「そうだよ。きっと……」

それは遠い異星に住まう誰かの、明確な意思表示だったのかも知れない。理由はどうあれ、こんな馬鹿みたいな戦争には与《くみ》しないという、無言の……。だとしたら、引き寄せられたこの顛末は、彼らとの間で達成された渾身のチームプレイだったのかも知れないな、なんて。そんな所感をダタは抱いて——お疲れさま。長い間、お互いよくがんばったよ。いい試合だった。金輪際、絶対に、二度とやりたくはないけれど。

地から宙《そら》へ。見知らぬ〈チームメイト〉たちめがけて、そっとエールを投げる。

軽やかに駆動音が鳴った。おもむろに基地点の前方から直径一メートルほどの石碑めいた機械装置がせり上がってきて、その表面には前時代の古代文字が刻まれていた。

「なんって、書いてあるの……？」思わず立ち上がり、石碑から距離を取りながらダタは訊いて、

「ちょっと待って……どうやら、この試合の勝者に与えられる特別な権利について書かれているみたいだ」

「えっ、やばいじゃん」

「うん。これはほんとうに、大変なことだよ……」

ここまでの大騒動になったのだ。果たして勝者が浴することが出来るのは、絶大なる富と権力か、あるいは深遠なる宇宙と生命の神秘か、果たして——。

ダタは息をのみ、そしてカサトは読み上げる。記された文言を、一言一句、噛み締めるようにして。

【事前ノ取リ決メ通リ、勝者ニハ、向コウ一ヶ月間ニ渡リ、公民館ノ優先利用権ヲ与エル。】

遠くから聴こえるいっぱいの歓声を浴びながら、ふたりは声を重ねて笑った。

「星を打つ」
初出『SFアンソロジー 新月／朧木果樹園の軌跡』(二〇二二年、井上彼方編、Kaguya Books／社会評論社)

水町綜

福岡県出身。二〇一九年に第七回ハヤカワSFコンテスト、二〇二一年に第二回かぐやSFコンテストで最終候補入り。二〇二二年には「星を打つ」を井上彼方編『SFアンソロジー 新月／朧木果樹園の軌跡』(Kaguya Books／社会評論社)に寄稿した。主催する同人サークル〈水色残酷事件〉では、「特殊部隊全滅アンソロジー」シリーズを製作。福岡PayPayドーム(旧福岡ドーム)をガメラに壊されたことを県民として誇っている。好きな野球漫画は『逆境ナイン』と「未来人王」。

溝渕久美子
Kumiko Mizobuchi

2 サクリファイス

日本プロ野球選手列伝（第五回）　三上誠：送りバントの救世主

取材と文＝佐伯カンナ

二月半ばだというのにすでに真夏のような強い陽光に照らされ、その男は日焼けした顔にあの日の打席で見せたような笑みを浮かべた。

――あそこで自分の応援歌を聞いたとき、私の人生は変わったんだ。

石垣市民総合運動公園。千葉ロッテマリーンズ春季キャンプ。一軍外野守備・走塁コーチは練習に励む若手選手に穏やかなまなざしを送った。

三上誠――二〇二四年、早稲田大学からドラフト五位で千葉ロッテマリーンズに入団し、その高い守備力や走力でチームを支えた。いや、多くの野球ファンは彼のことを〈送りバント職人〉として記憶しているはずだ。その野球人生で記録した送りバントの数は五三四本。読売ジャイアンツや中日ドラゴンズでプレーした〈バントの神様〉川相昌弘が持つ世界記録を越え、いまだそれを保持し続けている。

二〇四六年、惜しまれながら球界を去った彼が、引退試合のセレモニーでスタンドのファンに贈った言葉は、今も語り草となっている。

「送りバントは私の人生でした」

彼が日本球界における送りバントの救世主であることを知る者は皆、チームの垣根を越えて涙した。

〈感動係数〉と日本プロ野球の変革

二〇三二年春に開催されたＷＢＣ決勝戦―アメリカチーム優勢の三点差で迎えた九回裏。日本代表の躍進もここまでかと思われた二アウト満塁の場面。二番バッターの三浦香央琉（楽天）が、ライトスタンドにライナー性の当たりを叩き込んだ。

東アジア地域における紛争と、それに伴う未曾有の不景気を背景に国民が自信を喪失する中、代表選手たちの躍動は皆を元気づけた。やがて、日本社会で〈感動〉が何ものにも代えがたい価値を持つようになった。ＡＩが計測・計算する感動係数により、すべてのものの価値が計られることになった。

その価値観は社会の隅々にまで浸透し、すべてのスポーツ競技において、政府や企業が資金を提供するために基準にしたのが感動係数だった。そのきっかけを作った日本プロ野球もその波から逃れることはできなかった――というよりも、自ら進んでその波に飲まれたと言ったほうがいいだろう。

かつて、ハリー・アレン・スミスとアイラ・ルプース・スミスは著書 *Three Men on Third*（一九五一年）の冒頭で、「野球《ベースボール》の歴史は四十パーセントの統計と六十パーセントの逸話で成立している」と述べた。逸話が生む〈感動〉を統計的に表す感動係数は、まさに二人のスミスが言うところの〈野球《ベースボール》の歴史〉を体現する崇高な数字とみなされたのである。

野球という競技における感動係数を高めていくために真っ先に目をつけられたのが

送りバントだった。一九九〇年代末、選手や試合での戦略を統計学的に管理するセイバーメトリクスをメジャーリーグのオークランド・アスレチックスが採用し、野球界にパラダイムシフトをもたらした。そのセイバーメトリクスにおいて、送りバントの有効性は得点確率の点から疑問視されていたが、それに〈感動係数〉という数字も加わることになったのだ。

「プロ野球は感動産業だと私は呼んでいるのです。『送りバント多用論』で感動産業は育つでしょうか？」

これは、第二次世界大戦前から日本プロ野球界で活躍し、引退後は川上哲治とともに〈日本野球の首領〉と称された鶴岡一人の言葉である。日本プロ野球の〈変革〉にとってこれほど都合の良い名言はなかった。「野球に感動を。送りバントでは感動しない」、それが改革派のスローガンになった。

——二〇三三年の年が明けて合同自主トレが始まった頃、球団に呼び出されたんだ。同席していたデータアナリストから数字がずらっと並んだモニタを見せられて、送りバントが多い試合は感動係数が低いから今後は使うなって。感動係数って何だよって思ったよね。俺の存在意義は送りバントだ、送りバントがなければ俺は出場機会そのものを失い、野球を辞めることになる。

話し合いを中断して会議室を出た三上は、すぐに大学時代の先輩である真鍋荒野に連絡をした。当時、北海道日本ハムファイターズに所属していた真鍋もピンチバンターとして重宝される選手だった。真鍋は三上の連絡を待っていたかのように、自分も球団から同じような宣告を受けた、おそらく他のチームもそうだろうと答えた。三上と真鍋はすぐに送りバント存続のための仲間を集めた。

〈送りバント存続の闘い〉

三上を中心とする送りバント存続派による記者会見は、三上らが送りバント使用制限の説明を受けた約半月後——二〇三三年シーズンの初日にあたる二月一日に行われた。現在も語り継がれる〈二・一会見〉である。同席したのは、真鍋荒野、読売ジャイアンツの倉田祥真、広島東洋カープの雑賀悠、そして中日ドラゴンズの林達樹——いずれも当時の各球団を代表する送りバントの名手である。小柄ないぶし銀の選手たちが居並ぶ姿を記憶する者も多いはずだ。

フロアを埋めつくす記者たちへ謝意を述べた後、三上は重々しい口調で切り出した。

「送りバントは野球に必要です」

カメラのシャッター音が鳴り響く中、三上は記者たちにまっすぐな視線を向けた。

「野球とは二十七個のアウトを取り合うゲームです。だから、そのうちの〈一〉を必然的に生み出してしまう送りバントは、その犠牲に見合うものでなければならない。必ず決めることが求められる。私たちはそのために日々技術を磨いているのです。送りバントだって、感動を呼ぶはずです。わかりやすい感動にだけ価値があるのではない。そのことを世に問うことが送りバントの価値なのです」

この会見は送りバント存続派にとって苦難の道のりの始まりであった。しかも、その活動も最初から上手くいったわけではなかった。

――実はコーヤさんは私たちがやろうとしていたことに反対してたんだ。

会見から半月ほど経った頃、夜中過ぎに三上の携帯端末が鳴った。真鍋だった。スポーツの価値は感動だけではないはずだ。送りバントにもわかりにくいながらも感動はあるかもしれない。しかし、感動を呼ぶ・呼ばないとかいう、相手の土俵に立って戦ってはいけない。もっと異なる価値を訴えていくべきだ。それが真鍋の主張だった。

——それは皆わかっていた。でも、送りバントを存続させなければ何も始まらない。もし、それが叶ったときには送りバントの真価を皆に伝えて、こんなくだらない価値観を変えていこう。私たちはそう答えた。

真鍋との数度にわたる話し合いの末、三上たちは球団の要求を飲んで現役を続けつつ、送りバント復活の期を狙うことになった。

——あの年はつらかったよ。なんたって、チームのお荷物なんだもん。みんなで焼き肉屋始めるかなんて相談も初めてさ。雑賀くんの実家のミカン農家を継ぐのもいいなって話したかな。

それでも彼らは送りバントの練習を欠かさなかった。一六〇キロのストレートやキレのある変化球をバットの芯から外して、手や膝でボールの勢いを殺し、打席から最も遠い野手を狙い、必ず決まるコースに転がす技術を磨いた。やがて来るチャンスのために。

——どんなに時代や社会が変わったとしても、フォームやデータを解析するための新しいテクノロジーが生み出されたとしてもね、送りバントの技術は変わらないんだよ。自分の役目を全うし、ベストを尽くすために技術を高める努力する。それが野球の、送りバントの真価だ。

しかし、その時はなかなか訪れないまま、シーズンは終わりを迎えようとしていた。強打者を多く擁していた千葉ロッテマリーンズはリーグ優勝を果たした。〈感動係数〉の点においても、リーグ二位の結果を残した。

——それでもどことなく寂しかったな。私は代走くらいでしか貢献できなかったからね。

〈送りバントの復活〉

すべてがひっくり返ったのはその年の日本シリーズ最終戦だった。千葉ロッテマリーンズ対東京ヤクルトスワローズがそれぞれ三勝で迎えた第七戦、マリーンズは勝てば日本一という状況の中、両チーム得点がないまま延長十二回を迎えた。

ノーアウト一塁の場面、十一回に守備固めに入っていた三上が打席に立った。バントのチャンスだった。これを決めれば走者を得点のチャンスにまで進めることができる。しかし、ベンチからのサインはヒッティング。ここで一打決めてサヨナラで感動を巻き起こせという指示だった。ここでベンチを無視すればもうあとはない。わかっていた。その時、彼の背中を押したのはスタンドからの大音量の応援歌だった。

〈磨いた技術で　チームを勝利へ導け　おお送りバントの神　俺たちの三上〉

——もう送りバントなんてできなかったってのに、応援歌そのまんまなんだよ。笑っちゃうよね。もういいやって思った。これが俺なんだ。ファンを始め、チームを支えてくれた人々のために日本一になろう。感動なんてくそくらえだ。そのためなら、俺の首なんて何でもないって。

現在残っている試合の中継の映像でも、打席に立つ破顔一笑の三上を確認できる。そんな打者の場違いな表情に投げ損ねてしまったのか、ミゲル・サントス投手が放った初球は一四〇キロのストレートだった。ボールがピッチャーの手を離れた瞬間、三上は送りバントの構えをとった。

「こん」

この試合を見ていた人々は、バットがボールをとらえた音を確かに聞いたという。一人の人間がすべてから解き放たれた軽やかなその音を。

――会心の送りバントだったね。後にも先にもないくらいの。

ボールは騒然とする球場内の人々を無視するように一塁側のライン際を転がり、不意を突かれた捕手・フィリップ桜田が慌てて捕球、一塁へ送球、三上はアウトとなり、送りバントは成功した。

この打席が大きなチャンスを生み、続く猿田タケルがセンター前にヒット。千葉ロッテマリーンズはサヨナラで日本一をつかみ取った。直接の得点につながったのは猿田の打撃だったが、三上の送りバントが自らの進退を賭けたものだということを、試合を見ていた者は全員理解していた。この三上の自己犠牲がチームの垣根を超えて史上最高の感動係数をたたき出し、送りバントが生き延びることになったことは、野球ファンの記憶に残るところである。

二〇四六年、三上は犠打世界新記録を打ち立てて〈バントの神様〉の座につき、そのシーズンの終了とともに現役を引退した。その後も彼は送りバントの技術を子供たちや後身に伝え続け、野球の価値とは、スポーツの価値とは何かをその身をもって示した。野球からも、日本からも感動係数は徐々に廃れていった。三上たちの活動は社会さえも動かしたのである。

最後に、三上に与えられたもう一つの称号に対して、彼自身がどう考えているのかを質問してみた。来年還暦を迎えるその男は、雲一つない石垣の青空を眩しそうに見上げながら答えた。

——私が〈日本プロ野球史上最も自己犠牲を払った選手〉だって？　とんでもない。私は送りバントに救われたんだよ。

『ベースボール・プロフェッショナル』ＷＥＢ版、二〇六五年三月十日号

「サクリファイス」
初出　第三回かぐやSFコンテスト選外佳作作品

溝渕久美子

日本SF作家クラブ会員。二〇二一年、近未来の台湾を舞台にした「神の豚」で第十二回創元SF短編賞優秀賞を受賞。二〇二二年、同作が大森望編『ベストSF２０２２』（竹書房）に再録された。二〇二三年には、「ほぐさんとわたし」をKaguya Planetに、「プレーリードッグタウンの奇跡」を大森望編『ＮＯＶＡ ２０２３年夏号』（河出文庫）に、「第二回京都西陣エクストリーム軒先駐車大会」を井上彼方編『京都ＳＦアンソロジー：ここに浮かぶ景色』（Kaguya Books／社会評論社）に寄稿している。ロッテファンで、台湾野球も嗜む。好きな選手は石川歩（千葉ロッテ）、台湾野球では陳冠宇、陳禹勳。

関元聡

Satoshi Sekimoto

3

月はさまよう銀の小石

父が登板する試合を見に行ったことが、一度だけある。小学校に上がる前、確かオハイオ州のどこかだ。母が運転する薄桃色のハッチバックで丸一日かけて辿り着いたその球場は、平日だというのにほぼ満員で、母と僕はカラメルのかかったポップコーンを持って、初夏の日差しがかかる三塁側スタンドの隅に座った。

「先発よ」と母は言った。「パパがいちばん上手ってこと」

その年の父はまだ勝ち星がなかったけれど、防御率は悪くなかったと思う。でもブルペンから父が出てくると、球場全体が低くざわめき、それから息を潜めるように静まりかえった。たぶんその町の人々は父の姿を見るのが初めてだったのだろう。どこからか、「猿《エイプ》」と呟く声が聞こえた。

その声はさざ波のようにスタンド中に伝播し、僕は急に不安になって、隣に座る母を仰ぎ見た。母の横顔は逆光で陰になっていたけれど、冷たい表情をしていることはすぐに分かった。母は顎を引き、僕の手をぎゅっと握って、いつものように決然とした口調でこう言った。

「パパは猿じゃない。サピエンスが猿じゃないのと同じようにね」

その日の父は好調だった。六回と三分の一を投げ、十個の三振を奪って勝利投手となった。疎らな拍手の中、チームメイトと肩を叩き合うこともなく黙ってブルペンに戻っていった父の背中を、僕は今でもよく覚えている。

〈フランク・ミネダ〉が父の登録名だった。周囲にもそう名乗っていた。姓は母のものので、ファーストネームも母がつけた。この世界で生きていくには表向きの名前が必要で、だからそれは母が父へ贈った最初のプレゼントだったのかもしれない。でも父には本当の名前があった。家族——つまり母と僕にしか教えてはいけないことになっているから、僕がその名を誰かに話すことはないのだけれど。

父はロシア北部、ウラル山脈の麓にある小さな寒村で生まれた。北極圏の近く、針葉樹に覆われた深い森の奥にあるその村の人口は当時ですら百人もいなかったという。

そこは大昔に滅びたと思われていたネアンデルタール人の最後の集落だった。ユネスコの科学調査団がこの村を発見して以来、村は国連とロシア科学アカデミーが保護区として共同管理している。でもそんなのは建前に過ぎない。その存在が世界に知られてすぐ、村にはよく人買いが現れた。当時の世界情勢は今以上に不安定だったし、父の一族は大抵のサピエンスより強靭な肉体を持っていたからだ。

父が村を出たのは十四才の頃だったという。

その後の父がどこで何をしてきたのか僕は知らない。何度も死にかけ、地を這うように世界中を旅した末に母と出会ったのだそうだ。プロポーズしたのは母からだった。猿と結婚するなんて、と顔をしかめた友人たちと絶縁し、グランマと大喧嘩して、ある寒い朝に母は僕を生んだ。その時父はこう叫んだそうだ。「俺は永遠の命を得た！」そして赤ん坊の僕を胸に抱いたまま、父は蹲《うずくま》るような格好でむせび泣いたという。

僕が歩けるようになるとすぐ、父は僕を森に連れていこうとした。かつて父の父が父にしたように。でも野生動物に出会うには遠出が必要で、ミネダ家の財政には負担が大き過ぎた。その代わり父は市民農園の一角を借りて、そこで様々な作物を育て始めた。トマトとかパプリカとか、そういうのだ。「パスタに入れようね」と母は穏やかに笑った。僕は小さな葉っぱが少しずつ大きくなっていくのが嬉しくて、喜んで畑を手伝った。

市民農園の横には公営のテニスコートがあり、畑には時々テニスボールが転がっていた。ある時父はそれを拾い、僕の顔をじっと見て、それから目を細めて空を見上げた。晴れた空に鳩が二羽飛んでいた。

「右と左、どっちがいい?」と父が尋ねた。何のことか分からず黙っていると、父は左の方が少し太ってるなと言って、いきなり大きく振りかぶった。瞬間、父の上半身がぐわっと盛り上がった。背中と肩と腕の筋肉が滑らかに連動して鞭のようにしなり、父の周りに綺麗な円を描いた。金属を弾くような高い音と同時にボールは青空を真っ直ぐ貫き、やがてぎゃっという悲鳴が聞こえて、灰色の塊が空から落ちるのが見えた。

テニスコート裏の街路樹の傍で鳩は息絶えていた。不思議と可哀想とは思わなかった。獲物の首を握って笑う父の顔はてかてか光っていて、僕は父を見上げ、笑い返した。

父は言った。

「お前にもできるはずだ。お前は俺の息子なんだから」

あの頃、僕はまだ世界というものを信じていた。だから地元球団のセレクションを受け、縦縞のユニフォームに袖を通した父を見た時、僕はただ誇らしい気持ちで一杯だった。

母はいつも言っていた。最終氷期があと千年長く続いていたら、今ここにいるのは彼らだったのかもしれないのよ。

母は人類学者だったから、その言葉はきっと正しい。ホモ・ネアンデルターレンシスはサピエンスの先祖ではなく、同じ先祖から枝分かれした兄弟ともいうべき存在なのだ。知性にも文化にも優劣はない。ただ地球史的な偶然だけが二つの種の命運を分けたのだ。

父は流暢に英語を話し、マナーに従って食事をし、音楽を奏で、そして野球を愛した。父にとって僕に野球を教えることは人生で最も大事なことらしく、試合のない日に僕たちはよく裏庭でキャッチボールをした。メジャーの公式球は僕にはまだ大き過ぎたけど、父は頑《かたく》なに使い続けた。

父が投げるボールはどんな遠くからでも僕のミットの中心に狂いもなく収まった。まるで魔法のようだった。投げるとはどういうことか、肉体をどう使えば、より速く、より遠くへ、より正確に投げられるのか。父の教えるそれは近代野球における投球術とは全く異なっていたけれど、僕らにとっては自然だった。それは数万年もの間、絶えることなく父から子へと伝え継がれた、酷寒の森で生きるための技術そのものだった。

父の家系は代々〈投げ技〉の名手だったという。ある晩、夜空を見上げながら父は僕に言った。

見ろ、あそこに浮かんでいる丸い月を。あれは遠い昔に父祖の誰かが空に向かって投げた小石だ。それが未だに落ちることなく天を巡っているのだ。

僕はもうそんなお伽噺を信じる年ではなかったけれど、父の太い腕を見ていると、本当にそんなことがあったと信じられる気がした。

時は流れ、世界は変わる。いつしか級友たちは手足がすらりと伸びて、細めのジーンズを履きこなしている。それに気づいたのはいつだっただろう。同じものをバーチャルで試着し、結局買わずに諦めたのはいつだっただろう。

野球選手になりたかった訳じゃない。なのに、僕の体は思春期の始め頃には成長が止まり、代わりに肩や胸の筋肉が発達して、だんだんドワーフみたいな体形に変わっていった。眉上の骨がぐっと突き出し、眼窩《がんか》が深い渓谷のように落ち窪んだ顔だちは、前髪を伸ばしても隠すことはできなかった。それは紛れもなく父の顔だ。アメリカで生まれ、サピエンスとして育ったけれど、僕には父と同じ血が流れているのだ。いつかのスタジアムでの記憶が蘇る。僕は猿じゃない。そんなことは分かっていた。

くすくすと笑う声が聞こえ、振り向くと、ずっと同じクラスだった幼馴染みがこっちを見て笑っていた。女の子たちが目を逸らした。急に息が苦しくなり、自分が恥ずかしく思えて、今すぐそこから逃げ出したかった。その日から部屋を出られなくなった。グランマがやってきて、父に何か言い、その時初めて父が声を荒らげるのを聞いた。

卒業式の朝、母は僕を強く抱きしめ、それからシカゴの大きな病院に連れていって、麻酔から目覚めた時には僕はもう自分ではない誰かに変わっていた。それを見た母は大粒の涙を流した。「ごめんね」とグランマが言った。僕は悔しいような、ほっとしたような気持ちで、ただ父に何と言えばいいか分からず、けれど家に帰るともうどこにも父の姿は見えなかった。

父が現役を引退したことはその夜のニュースで知った。

長いこと父とキャッチボールをしていなかったことに、その時、僕は気づいた。

そして薄桃色のハッチバックは同じ色のエアカーになり、母の相手も何度か変わって、僕は今、生まれ育ったこの町にいる。

暖かい夜だ。

薄灯りがともる部屋で母が安楽椅子に腰掛けている。僕は全身にパワーアシストを装着し、月のない裏庭に立っている。手にはメジャー公式球。昨日、息子がここで見つけたものだ。きっとあの頃失くしたものだろう。でも縫い目のあたりが黒く焦げていて、もしかしたら本当に宇宙から落ちてきたのかもしれないと僕は夢想する。

僕らは離れ離れになったけど、父の行方は世界中の誰もが知っていた。

テラフォーミングが進む火星への植民計画が本格化し、地球よりずっと寒いその惑星の開拓のために選ばれたのは父たちネアンデルタールの人々だった。ミッションの特性上、第一次火星植民団のメンバーは二度と地球に戻ることはない。父は僕や母を恨んだのか、それとも滅びゆく種族の最後の誇りなのか。父の真意を、僕はまだ測り切れずにいる。

そろそろ火星が南中する頃だ。

僕は背筋を伸ばし、赤い星に正対する。風が止み、ボールを握り直す。深呼吸を一つ。変則型ワインドアップモーション。片足を高々と上げ、そのまま上半身をぐっと捻る。パワーアシストが甲高いモーター音を響かせて、ギアにエネルギーをため込んでいく。

お前ならできる——と声がする。お前は、俺の息子なんだから。

ウラルの蒼い森を想う。赤茶けた砂の荒野を想う。七千万キロ先の父が僕の本当の名前を呼ぶ。このボールが父に届くかは分からない。届かなくてもいいと思う。どこにも届くことなく天を彷徨《さまよ》い、いつか誰かが見つけてくれればいいと思う。

大地を割らんばかりに足を踏みしめ、反対の足で蹴り飛ばす。空気を切り裂く音とともに弾けるように体が回転し、虚空に一瞬の真円を描く。

あの時と同じ軌道で白球が風を切り、真っ暗な宇宙へ吸い込まれていく。

「月はさまよう銀の小石」
初出　第三回かぐやＳＦコンテスト最終候補作品
底本『第三回かぐやＳＦコンテスト最終候補作品集』（Kaguya Books）

関元聡

ＳＦ作家／環境コンサルタント。日本ＳＦ作家クラブ会員。トウキョウ下町ＳＦ作家の会会員。「Black Plants」で第七回日経「星新一賞」優秀賞（日本精工賞）を受賞。「リンネウス」で第九回日経「星新一賞」、「楕円軌道の精霊たち」で第十回日経「星新一賞」グランプリを受賞。「手をつないで下りていく」で第一回日本ＳＦ作家クラブの小さな小説コンテスト特別審査員賞を受賞。

千葉集
Shu Chiba

コラム

わたしの
海外野球ＳＦ短編
ベストナイン

扇状の神殿へのいざない

『SF百科事典（The Encyclopedia of Science Fiction）』第四版によると、野球SF／Fと見なされる作品は長編・短編織り交ぜて七十〜百弱ほど存在するらしい。このニッチで特に精力的に量産していたのがリック・ウィルバー、ハリイ・タートルダヴ、W・P・キンセラの三名で、わけてもキンセラは一九八九年公開のアメリカ映画『フィールド・オブ・ドリームス』の原作者として日本でも著名である。生涯一貫して野球を題材にした小説を書きつづけ、アメリカでも野球小説の代名詞となっている作家だ。

そのキンセラだが、編者を務めた野球アンソロジー『Baseball Fantastic』（二〇〇一年）の序文で、「なぜ多くの作家たちが野球に主題を見いだすのか?」という問いに答えて、野球の「制約のなさ（Openendedness）」を讃えている。

曰く、他のスポーツはフィールドのライン（Playing boundaries）と時間（Time limits）という二重の仕切によって囲われており、その空間ではファンタスティックな事物は制限されてしまう。

さらにキンセラは詩的な熱弁をふるう。

「一方で、野球は、時間の縛りもなく、また真のベースボールフィールドではファウルラインすらも永遠に枝分かれ（diverge）していき、そのあまりの膨大さゆえに、宇宙のほとんどを、いやすべてを呑みこんでしまう。この完全なる開放性が、ファンタジー作家のつねに探し求めているふたつのコンセプト――神話性と神話じみたキャラクター（larger-than-life characters）を生み出す土壌となるのだ」（p.7）ちなみに似たようなことを自身の長編『アイオワ野球連盟』でも主人公の父親に言わせている。

日本の詩人である平出隆も「外野は無限の展性を持ち、ファウル・ラインは無限の長さを持つ」（『ベースボールの詩学』講談社学術文庫）とキンセラと似たようなことをいっている。野球とは『無限』の領域を実現しようとするボールの、フィールド自体からの逸脱の運動」であり、そうして拡張されていくかぎりにおいて、地上のすべてはベースボール・フィールドなのだ、と。

なるほど、こうした野球の気宇とファンタジーは相性がよい。アメリカの四大プロスポーツでも最古の歴史を誇る野球は、二十世紀以前の残り香をまとっており、往年の名選手たちの事績は英雄や聖人のようでもある。伝説、ノスタルジー、郷愁、有り得た可能性、物理運動、宗教と信仰、聖と俗、統計、歴史、行きては帰りし冒険譚、詩、トールテイルの宝庫であり、たびたび競技自体がアメリカ合衆国のメタファーとして語られもする。

キンセラの第一長編にして代表作である『シューレス・ジョー』（一九八二年、永井淳・訳、文春文庫）も、まさにアメリカの縮図としての野球を幻想的に描いた長編だ。子どものころから元野球選手の父親に〝シューレス〟・ジョー・ジャクソン（一九二〇年に八百長事件で球界を永久追放された実在のメジャーリーガー）の伝説を聞かされて育った青年レイ・キンセラが、あるとき「きみがそれを作れば、彼はやってくる」という謎の声を聞き、その日から自分の農場のトウモロコシ畑に野球グラウンドを建設し始める。そうして、ある夜、そのグラウンドに謎の男の影が現れる。月明かりに照らし出されたその男は、とうに亡くなっているはずのシューレス・ジョーだった……というお話。実在の作家であるサリンジャーをも巻き込み、野球とは信仰であり文学であり人生なのだと高らかに謳いあげる自伝的小説で、キンセラの野球小説のエッセンスが詰まっている。第二長編の『アイオワ野球連盟』（一九八六年、永井淳・訳、文藝春秋）は、雷にうたれてどうにかなってしまった父の影響でアイオワ野球連盟という実在しないマイナーリーグを信じるようになった主人公が、時間遡行によってさまざまな奇天烈な現象に遭遇するというお話で、より奇想の味が強まっている。

その他のアメリカ野球小説の古典も大なり小なりファンタスティックな要素に彩られている。フィリップ・ロス『素晴らしいアメリカ野球』（一九七三年、中野好夫&常盤新平・訳、新潮文庫）、ロバート・クーヴァー『ユニヴァーサル野球協会』（一九六八年、越川芳明・訳、白水Ｕブックス）、バーナード・マラマッド『ナチュラル』（一九五二年、鈴木武樹・訳、角川文庫）……ダイヤモンドを中心とした扇状の神殿には、たしかに作家の空想を誘うなにかがあるらしい。

さしあたって、本稿では英語圏の短編を中心に野球ＳＦを紹介していこう。

女性選手と野球ＳＦ

本邦のＳＦ界隈において「野球ＳＦ」なるタームが出現しだしたのは、一九六一年のことである。『ＳＦマガジン』の一九六一年八月号で、ポール・アンダースン&ゴードン・Ｒ・ディクスンによる連作短編シリーズ〈ホーカ・シリーズ〉の一編、「くたばれスネイクス！」（Joy in Mudville, 一九五五年、稲葉明雄・訳、同題のハヤカワ文庫SFに収録）の紹介文にて用いられた。内容としては、既に二世紀以上にも渡って続いている野球の宇宙シリーズにて、新興チームであるホーカ人（連作のマスコットであるテディベアのような風体で、地球の文化の影響を受けやすい異星人）がサレン星の強豪〈サレン・スネイクス〉を迎え撃つために一騒動巻き起こるというコメディ短編だった。

では、本編が野球SFとして日本に紹介された初めての翻訳野球SFなのかといえば、さにあらず。ややこしいことに、同号の「くたばれスネイクス！」紹介文中には、「数号前にも火星で地球軍と火星軍とがたたかうモリスンの『スタア・スラッガー』が掲載されました」と遡及的に記されている。

『SFマガジン』一九六一年四月号掲載のウィリアム・モリスン「スタア・スラッガー」（Star Slugger、一九五六年、塚本新作［＝常盤新平］・訳）のことだ。地球のチャンピオンチームが火星へと遠征するのだが、そこで環境への適応に苦しむ。空気が薄いため投球も打球も豪速球と化し、重力も弱いのでボールをキャッチすると身体が宙でぐるりと一回転してしまう。そうして、地球代表は火星代表に対して苦戦を強いられていくのだが、主人公である地球代表選手、ハックにとってとりわけ癪に障るのが相手チームで七面六臂の活躍を見せている女性選手だった。ハックは彼女に惚れてしまうのだが、一方で自分より上手な選手と付き合うのは野球選手としてのプライドが許さない……はたしてハックの意地、そして試合の行方は？

といった恋の小話。粋なオチで落としつつも、主人公の葛藤が女性蔑視や「男の土俵」であるフィールドを女性によって侵される恐怖に設定されている点にやや古風さを感じられる。戦時中に出征したした男性選手たちの穴を埋めるべく立ち上げられ、一九五四年までつづいた全米女子プロ野球リーグ（ＡＡＧＰＢＬ）の記憶もあったのかもしれない。ちなみに大リーグでは五二年から九二年までのあいだ、女子選手との契約を正式に禁止していた。女性にも十七歳でベーブ・ルースやルー・ゲーリックを三振に取ったジャッキー・ミッチェルのようなマイナーリーガーがいた前例もあったのに、だ。

現実の抑圧は空想の世界で反動を生む。日本でも、水島新司の野球マンガ『野球狂の詩』をはじめとして女性選手の活躍は定番の題材だ。野球ＳＦでいえば、「スタア・スラッガー」以外にもルイーズ・マーリーの「Diamond Girls」（二〇〇五年）がそれにあたる。女性初の大リーガーとして名を馳せているリッキーという選手の前に別の新人女性選手が挑みかかる。彼女たちの対決を通じて、読者へリッキーの出生の秘密、すなわち母親の施した遺伝子改造によるデザイナーズベイビーとして誕生した事実が明かされていく……といった内容。こちらも男社会で奮闘する両選手のゆるやかなつながりが描かれるラストが小粋だ。長編作品のロバート・ブラウンの『プレーボール!2002年』（一九八〇年、広瀬順弘・訳、ハヤカワ文庫Ｎ

V）でも、女性選手の活躍が物語的に重要な地位を占めることになる。

宇宙に行く／宇宙から来る

視点を少しずらして「スタア・スラッガー」を火星舞台ものとして捉えるなら、こちらも野球ＳＦの型に数えられる。キム・スタンリー・ロビンソンの「Arthur Sternbach Brings the Curveball to Mars」ではセンターフェンスまで二百七十メートルという壮大な球場で試合を行うにもかかわらず、「スタア・スラッガー」同様の低重力環境のせいで、毎試合二桁得点どころか三桁得点はあたりまえという火星野球の馬鹿試合っぷりが描かれる。『大長編ドラえもん　宇宙開拓史』でも挿話があったように、地球外の環境で行われる野球というものに野球好きは興味をそそられるらしい。

ちなみに火星ものの既訳作品であれば、ウィル・スタントンの「それいけ、ドジャース」（Dodger Fan、一九五七年、浅倉久志・訳、『世界ショートショート傑作選２』講談社文庫所収）もある。こちらは熱狂的な野球ファンの地球人をもてなすために火星人が催眠学習で即製の野球チームと大観衆を作り上げるコメディ掌編だ。

遠征するばかりでなく、地球上で異星人を迎え撃つ短編もある。ジャック・C・ホールドマンの「Home Team Advantage」（一九七七年）では、地球代表チームが異星人（腕が六本ある）との野球対決に破れ、かれらに地球人を捕食する権利を譲り渡してしまう、という衝撃の出だしから物語が始まる。敗北に打ちひしがれる地球代表チームをなぜか嬉しそうに取材して「戦犯探し」を行うスポーツキャスターが出てくるところに一種メディア諷刺的なにおいがあり、ＳＮＳを通じたスポーツ選手へのリンチがたびたび話題となる現在でこそ、通じる部分の多い作品かもしれない。異星人に野球をやらせる話ならスコット・ウェスターフェルドの「Unsportsmanlike Conduct」（二〇一三年）もある。タウという惑星で石油を採掘していたアメリカ人科学者たちが六本足の原住民たちに乞われて、野球を教え、いっしょにプレーすることになる話だ。経済植民地帝国としてのアメリカの姿を野球に投影した中編で、スポーツにおける勝敗の重要性を説くくだりは後述するサーリングの「奇跡の左腕ケイシー」とも通じる文明批評的な側面を含んでいる。

ロボットと野球ＳＦ

さて、アメリカでは野球ＳＦ／Ｆのアンソロジーがいくつか編まれていて（野球小説に範囲を広げればかなりの数になる）、そうした本に複数回採用されるような、いわば、野球ＳＦの古典といえるような作品もいくつか存在する。

筆頭はロッド・サーリングの「奇跡の左腕ケイシー」（The Mighty Casey、一九六〇年、矢野浩三郎&村松潔・訳、『ミステリー・ゾーン２』文春文庫所収）だろう。どんぞこのシーズンにもがき苦しむブルックリン・ドジャースのトライアウトに、スティルマン博士なる謎の老人が現れ、屈強な左腕投手ケイシーを紹介する。その正体は博士が開発した野球ロボットだった。七色の変化球を持つケイシーの活躍と、それにひっぱられたチームメイトたちの奮起により、ドジャースは連勝街道を歩み出し、最下位を脱出する。ところが、その最中、ケイシーが試合中に頭部へ打球を喰らい、病院に担ぎ込まれ、ケイシーがロボットであることが露見する。そして、「ロボットには心（ハート）がないから人間（man）ではない、規則では野球選手は man でなければいけない」というロジックで大リーグ機構から出場停止を言い渡されてしまう。万事休すとなった状況で博士が編み出したケイシーのマウンド復帰への手立てとは……というお話。ロボット選手というありがちなアイデアを現在でも色褪せない軽妙なユーモアで語りつつ、競争に固執する人類を皮肉るような抜けのよさを具えた好編である。ちなみにもともとはテレビドラマ『トワイライト・ゾーン』のために書かれた物語であり、出版年に映像化もされている。ドラマ版ではドジャースが架空の球団に置き換わり（五八年の段階でドジャースはブルックリンからロサンゼルスへとフランチャイズを移転している）、オチも少しだけ付け足されているようだ。

ちなみに「ケイシー」なる名前は、哲学者アーネスト・ローレンス・サイヤーの書いた「Casey at the Bat（バッターボックスのケイシー）」という有名な野球詩に由来する。野球ものではよくモチーフに取られていて、先述した「くたばれスネイクス！」もそのうちのひとつだ。

スポーツというのはなんにつけ時事性とローカルな文脈を有するもので、ケイシー以外にもチームごとの特色だったり選手名の持つ意味だったり特定の歴史的事件（頻出するところだと『シューレス・ジョー』でもフィーチャーされているブラックソックス事件）だったり、アメリカの野球小説は文化的にハイコンテクストな傾向が見受けられる。「ジャイアンツ」という球団名ひとつとっても、書かれた時代によって所在地がニューヨークかサンフランシスコで分かれてしまい、それぞれにその時代なりの文脈がある。野球ＳＦ短編の邦訳が少ないのはこのせいもあるだろう。

さておきつ、ロボットは野球SFジャンルにおいて最古の組み合わせでもある。『SF百科事典』でも参照されているSFファンサイト http://www.stevenhsilver.com の野球SFリストで、最古の作品は一九〇五年の『London Wins Great Game』だ。これは厳密には小説ではなく、ピッツバーグの新聞であるピッツバーグ・プレス紙（一九九二年に身売りに伴い廃刊）に載った諷刺的ジョーク記事。記事の日付から百年後の未来である二〇〇五年、野球は世界規模のスポーツとなり、選手は生身の人間から安上がりなロボット（Automatom と呼ばれる。maton ではなく）にすげ替えられていた。そんな世界の頂点を決めるチャンピオンシリーズの第二戦において、英国代表のロンドン・チームが米国代表のシカゴ・チームに二対〇で勝利する。このロンドンの勝利は、英国の天才発明家トーマス・アルバ・エジソン（アメリカに実在した同名発明家との関係は不明）が開発したピッチングロボットの活躍によるものだった……といった内容だ。この記事をウェブ上に転載・保存しているレトロフューチャリズム専門サイト Flying Cars and Food Pills によると、この記事からは背景となっている一九〇一年に持ち上がったアメリカン・リーグ分裂騒動とそれに伴う二大リーグ間での強引な引き抜き合戦への皮肉を読み取れるらしい。一方で、本作は野球が十万人規模を集客する人気競技となっていたり、経済的便宜によって野球界が左右されていたりと、未来予測として結構当たっている面もある。ただし、百年後も英国人が野球ではなくクリケットを支持しつづけていることだけは想定外だったらしい。

救世主か、アウトサイダーか

類型として、「奇跡の左腕ケイシー」のように「弱小チームに突然ずばぬけた選手が出現(入団や覚醒)してチームを救ったり騒動を巻き起こしたりする」というプロットの野球短編は多い。本当に多い。野球SFに限っても、謎のインド人との契約で雑貨屋の店員が一夜にして十割バッターとして大活躍するルイス・グレイヴズ「十割打者の謎」(Ach Du Lieber Baseball!!、永井淳・訳、『12人の指名打者』文春文庫所収)、落ち目のベテラン投手が悪魔と契約し防御率〇・〇〇のクローザーとして君臨するナサニエル・ノルセン・ワインレブの「Devil Play」(一九五五年)、同じく悪魔と取引することによって冴えない中年が弱小球団を導くスーパースターへ生まれ変わるダグラス・ウォロップの長編『The Year the Yankees Lost the Pennant』(一九五四年)、宇宙少年院から脱走してきた超能力少年が野球チームに入団して大活躍するロイド・ビッグル・ジュニア「Who's on the First?」、四次元に消えるシュートを編み出した選手の起こした騒動の顛末を描く魔球ものの古典、ネルソン・Ｓ・ボンドの「The Einstein Inshoot」（一九三八年）、等々……。平凡な選手だったアメリカ人が昭和の日本球界に渡って神秘的な失踪を遂げた後、大リーグへ戻ってきて鬼神のごとき活躍を見せるケヴィン・ウィルソンの掌編「Excerpt From The Big Book of Forgotten Lunatics, Volume 1: The Vanishing Ball Player Moses Cage（1960 - ?）」（二〇一二年）も含めてもいいだろうか。

余談になるが、筒井康隆がかつて『ＳＦマガジン』（一九七五年七月号）の映画エッセイで「今から考えれば野球ＳＦとでもいうべきものだった」と評したアメリカ映画『春の珍事』（It Happens Every Spring、一九四九年、ロイド・ベーコン監督）も、この範疇だろう。冴えない大学教授がある偶然から自身の開発した化学薬品に魔球を生み出す効果があるのを発見し、身元を隠して入った弱小プロ球団で大活躍するという物語だ。グラブや髪の毛に仕込んだ薬品を投球前にボールへこっそりこすりつけるさまは当時なかば公然と横行していたスピットボールそのままで、ＳＦというにはみょうにせり出してくる生々しさが苦笑を誘う。

この手の作品で出色となるのは、ウィルバー・Ｌ・シュラム「馬が野球をやらない理由」（A Kingdom for Jones、一九四四年、永井淳・訳、『１２人の指名打者』文春文庫所収）と、ジョージ・アレック・エフィンジャーの「Naked to the invisible eyes」（一九七三年）の二編だろう。

「馬が野球をやらない理由」はこんな話。一九〇〇年代初頭、ブルックリン・ドジャースの春キャンプの取材に来たスポーツ記者たちは我が目を疑った。三塁手としてベース上で守備についていたのは、ヒトではなく、ウマだった！　最初は当のドジャース監督含めてみな戸惑うばかりだったものの、ホース・ジョーンズとあだ名されたそのウマが走攻守に抜群の活躍を見せ、オープン戦で記録的な活躍を遂げるに至り、世間では大統領選を越える議論の的になる。ウマをフィールドに立たせるのはルール上問題ないのか？　本来人間のためのスポーツである野球をウマに蹂躙させてよいのか？　選手、球界、ファン、果ては政界まで巻き込んだ論争が勃発し、文字通りの馬鹿騒ぎで迎えたシーズン開幕戦、ついにある事件が起こる……という流れ。

シェイクスピアの『リチャード三世』からパロディされた原題含め、ウマとかけた英語のダジャレが連発されるユーモラスな一編だ。トボけた不条理の面をかぶりつつも、人種や性別の限定された当時の野球の枠組みに対する（おそらく無意識な）批判も汲み取れる。虫明亜呂無が戦前の日本の職業野球を「日陰の花」にたとえたように、野球ものにおいて古き良き大リーグを描くノスタルジーにも、アウトサイダーへの共感が含まれているのだが、その時代にはそんなアウトサイダーたちの集まりにも入れないアウトサイダーが存在してもいた。SF／F的な想像力はそんな壁すらも打ち破る。

作者のシュラムは、四〇年代にはアメリカのトールテイルを下敷きにした「Windwagon Smith」で短編文学賞の最高峰のひとつであるO・ヘンリー賞の第三席を獲得するなど将来を嘱望されたが、戦争中に携わったプロパガンダ研究を通してコミュニケーション学に目覚め、戦後はマスコミ研究の大家として名を残した異色の経歴の持ち主。本編は若き日のシュラムの秀作のひとつで、野球以外にもウマが主題のアンソロにも採られている。

エフィンジャーの「Naked to the invisible eyes」では、南米からやってきた新人ルディ・ラミレスがある試合で完全試合を達成する。それは相手チームの打者がバットを一度も振らずじまいという異常なゲームだった。不審におもった監督が試合後にバッテリーを問い詰めると、なんとルディが念力によって相手の精神に働きかけていたことが判明する。監督は慌ててルディを表舞台から引っ込め、裏でひそかに特訓を行い、メジャー平均程度の実力をつけさせたところで、念力の使用を相手や観客から疑われない程度に抑えるように言い含めた上でメジャーリーグへ送り出す。たちまち記録的な勝ち星を重ねてエースの座に登りつめ、人気選手となっていくルディ。しかし、次第に自分の実力を試したいという気持ちが芽生えはじめ……という話。ハードボイルドSFミステリの金字塔『重力が衰えるとき』の作家らしいシャープな文体と、一球単位で克明に描写される試合の細部が印象的な作品だ。ルディの能力を隠匿して、肖像権ビジネスで儲けを得ようとする監督の立ち回りはノワールの雰囲気すら湛えている。

生来病弱だったエフィンジャーだが野球ファンでもあったらしく、本作以外にも「ピンチヒッター」(Pinch Hitters、一九七九年、安田均・訳、『SF宝石』一九七九年十二月号掲載)という野球SF短編を残している。こちらはエフィンジャー自身がモデルとおぼしきサンドル・クレーンを主人公にしたスラップスティックSFコメディ・シリーズの一編。SF大会に参加するために同じホテルに滞在していたはずの作家クレーンと知己の作家たちが朝目覚めると、それぞれ全米に散らばっていた。そのうえ、一九五四年にタイムスリップし、意識が当時の野球選手の身体に間借りしていることまで判明する。七十年代のSF小説の希望である自分たちが不在のままだと、SF業界の未来が危ない！　はたして彼らは自分たちの時代に戻れるのか……という内容。ノリはゆるい。

「もし……」を描く歴史改変野球ＳＦ

ところで、冒頭で紹介した三大野球ＳＦ作家のうち、リック・ウィルバー、ハリイ・タートルダヴのふたりは、ＳＦ界では歴史改変もの（Alternate History）の作家として認知されている。歴史とスポーツに「もし……」は禁句といわれるが、だからこそ「もし……」の想像力がこのふたつの分野におけるフィクションを劇的にもする。タートルダヴはもしベーブ・ルースが大成せずにマイナーリーガーのままだったら（「The House That Geourge Build」〔二〇〇九年〕）と空想し、ウィルバーは史実でも米国政府のスパイだった野球選手モー・バーグが枢軸国の優勢となりつつある第二次世界大戦下で暗躍する連作を描いた。

ちなみに、ウィルバーのモー・バーグものの一編「Something Real」（二〇一二年）は、バーグがヒトラーの原爆開発責任者であるハイゼンベルグ暗殺計画に関わっていた実話を元にしているが、同じくモー・バーグのハイゼンベルグ暗殺未遂を扱った短編ならアレクサンダー・アーヴァイン「Agent Provocateur」（二〇〇一年）も印象深い。

しかし、歴史改変野球ＳＦにトドメを刺すのはジョン・ケッセルの「The Franchise」（一九九三年）だろう。この作品の世界では若きジョージ・Ｈ・Ｗ・ブッシュが大学時代にベーブ・ルースと会見したことからイェール大卒業後にプロ野球選手の道を選ぶ。十年ほど冴えない球歴を重ねたのち、ワシントン・セネタースの選手として五九年のワールド・シリーズに起用されることになったブッシュが、「ザ・フランチャイズ」の異名を取るサンフランシスコ・ジャイアンツのキューバ人エース、フィデル・カストロと対決していく。現実ではのちに合衆国大統領とキューバの革命政府の指導者となるふたりの激しい鍔迫り合いに、ブッシュと父親である上院議員のプレスコットとの相克、そして試合の裏で静かに進んでいく陰謀が重なっていき、ダイナミズムあふれるドラマが展開される。

ちなみにブッシュが大学時代に野球部に属してある試合でゲストのベーブ・ルースと出会っていたこと（その試合は生まれたばかりのジョージ・ブッシュ・ジュニアも観戦していたらしい）、カストロが革命活動に身を投じる以前にはハバナ大学の野球部でエースとして名を轟かせていたことは史実である。特にカストロについてはメジャーのスカウトも目をつけ、五一年にジャイアンツが契約をオファーしていたというまことしやかな噂も昔から囁かれていた。実際には噂は噂でしかなかったらしいが、この伝説は作家の想像力を刺激するらしく、ケッセル以外でもブルース・マカリスターが同時期に「The Southpaw」（一九九三年）で、やはりカストロがジャイアンツに入団した世界の物語を描いている。このふたつのカストロ短編は Asimov’s Science Fiction の同じ号に掲載されており、もしかしたら競作だったのかもしれない。

野球×時間を描いた作家たち

もちろん、作家には過去ばかりではなく、未来に目を向けるものもいる。ジョン・Ｗ・キャンベル賞作家で批評家としてもローカス賞を獲っているバリイ・Ｎ・マルツバーグは一九七五年以降、ネオ・ハードボイルドの旗手として知られたミステリ作家ビル・プロンジーニと組み、小説の執筆を競技化した奇想スポーツ小説『決戦！プローズ・ボウル小説速書き選手権』（新潮文庫）を始めとした個性的な作品群を発表したが、そのコンビ作のひとつに野球ＳＦがある。

「On Account of Darkness」（一九七七年）は野球が（たいていのスポーツと同様）、誰の興味も惹かなくなった未来の物語だ。ある男が「局（the agency）」に、棒人形にホログラムを投影する機械を売り込みに来る。野球の熱烈なファンであるその男は機械で往年の名勝負をつぎつぎと再現し、「これは心の野球殿堂なんです」とそのすばらしさを語る。しかし、局の担当者は男の売り込みが熱を帯びれば帯びるほど、逆に興味を失っていく。「結局、これはなんなんだ?」「娯楽です。百年前のひとびとはこのスポーツに心を奪われていたんです」「なぜ?」「美学ですよ」……ふたりの交渉は平行線を辿ったままに終わり、最終的に男はある妥協を迫られることになる。ディストピアンな雰囲気を漂わせつつも、かつて熱狂していたものへの哀惜が詰まった、ほろにがい悲話だ。

野球が廃れた未来というシチュエーションなら、(厳密にはあまり野球の話をしないのだが)シオドア・スタージョンの「How to Forget Baseball」(一九六四年)もある。名門スポーツ専門誌『Sports Illustrated』誌に掲載された唯一のSFという説もある異色作だ。未来の人類が先祖返りしてスポーツに極端な儀式的残酷さを求めるようになる点では、フィリップ・ホセ・ファーマーの『太陽神降臨』や中井紀夫の「花のなかであたしを殺して」の挿話を彷彿とさせる。

野球と時間について扱った短編なら傑作がふたつある。

ひとつは、ガードナー・ドゾワの「The Hanging Curve」(二〇〇二年)だ。フィラデルフィア・フィリーズとニューヨーク・ヤンキースのワールドシリーズ最終戦。フィリーズの一点リードで迎えた九回表、ツーアウトながらもヤンキースは三塁に走者を置いて一打同点のチャンスを迎えていた。そうしてフルカウントからフィリーズのストッパーが放った渾身の決め球が……なんと、本塁上で静止してしまった！　宙で停まったボールはバットで叩いても、素手でひっこぬこうとしても、ドリルで突いても、レーザービームや電撃をあてても、うんともすんとも動かない。この〝ミラクルボール〟はたちまち全米で注目の的となり、終末の予兆説、神の徴説、政府の陰謀説、宇宙人説、両チームのファンの願いがぶつかりあって生じた量子力学的均衡説、とさまざまな憶測や仮説を呼ぶが、結局、原因はわからないまま四十年が過ぎ……といった話。

唐突に生じた不可思議な現象が社会を巻きこんで狂騒を巻き起こす、というスラップスティック・コメディの型で語られつつ、終盤にはある立場の人物に視点を置くことで叙情的な余韻を残す。ボールが停まっていちばん影響を受けるのはたしかにこの人と納得させられる、そんな目の付けどころがすばらしい。ちなみにワールドシリーズでのフィリーズとヤンキースの顔合わせは本作の書かれた七年後の二〇〇九年に実現している。残念ながら（？）、そのときはボールが静止する怪事象は起こらなかったようだ。タイトルは「すっぽぬけたカーブ」を表す慣用表現。それと宙吊り状態を意味するHangingにかけたダジャレですね。

こうした言葉遊びから連想された野球短編はもうひとつ、ジーン・ウルフも「The On-Deck

Circle」という題で書いている。オンデック・サークルとは次打者の控えるネクスト・バッターズ・サークルのことだが、ウルフの短編では船の「デッキ上（On Deck）」に設けられていて、そこでボートを使った海上野球が開催される。むちゃくちゃなシチュエーションではあるが、ＳＦ／Ｆ味は薄いか。

ボールにまつわる物理現象では、Ｒ・Ａ・ラファティの「小石はどこから」（『昔には帰れない』ハヤカワ文庫ＳＦ）も忘れがたい。野球メインの物語ではないかもしれないが、「カーブボールはなぜ曲がるのか？」という疑問について、通説を覆すラファティ流の新説が唱えられる点で野球ＳＦ史に列せられるべき一編。

さて、話を戻して、野球と時間もののもうひとつの傑作は、スティーヴン・ミルハウザーの「ホーム・ラン」（Homerun、二〇一三年、柴田元幸・訳、『ホーム・ラン』白水社所収）。ある強打者の放った特大の打球が野手の頭上を越え、フェンスを越え、球場を越え、街を越え、空を越え、やがては宇宙へと飛び出していく様をアナウンサーによる実況という語り口で綴っていく。打球の運動を実況の語りと一致させつつ時間感覚を魔術的に圧縮し、日常から幻想へとなめらかにつなげてしまうところがミルハウザーの手練の極みだ。ラストの光景の美しさも含めて完璧な一編。個人的には野球ＳＦ／Ｆのベストである。

日常と幻想の狭間で

日常から幻想へとシームレスに移行していく野球小説といえば、キンセラである。多くの短編を残したこの作家でも、幻想野球短編としての白眉なのが「ニックネームの由来」(How I Get a Nickname、一九八三年、永井淳・訳、『野球引込線』文藝春秋所収)だ。一九五一年、夏。十七歳の文学少年キンセラは、父の友人で『オデュッセイア』の翻訳者として著名なロバート・フィッツジェラルドの家に寄寓していた(同居人には若きフラナリー・オコナーまでいる)。ある日、ニューヨークにジャイアンツの試合を観戦に行ったキンセラは、選手に頼みこんで打撃練習に混ぜてもらい、そこで野球の才能を認められてトントン拍子で入団にこぎつける。いざ球界に足を踏み入れてみると、野球選手たちはみんな文学や語学に精通したインテリばかりだった。どの選手もラテン語を解し、イニングの合間にはベンチでマッカラーズを読み、バッターボックスでは、『グレート・ギャツビー』が寓話かどうかをめぐり審判を交えて敵味方で持論を戦わせる。そんな文学と野球の入り混じったふしぎな球界での少年のひと夏の思い出が、みずみずしい筆致で綴られていく。幻想とノスタルジーで野球と文学を取り結ぶ、キンセラの面目躍如たる一編だ。記録が記憶を留めやがて喚起する、という野球のナラティブの特性を突いてくる批評性の点でも見逃せない。

サイエンスとも幻想ともつかない、ただひたすらに奇妙な味わいを残す短編も忘れがたい。ケン・カルファスの「喜びと哀愁の野球トリビア・クイズ」（The Joy and Melancholy Baseball Trivia Quiz、一九九八年、岸本佐知子・訳、『居心地の悪い部屋』河出文庫所収）では、〈一打席でもっとも多くのファウルを打った打者は?〉、〈ナイター用照明設備を最後に導入したアメリカン・リーグの球場はどこ?〉、〈史上最悪の誤審は?〉、といったトリビア・クイズとその解答の形をとりながら、ひたすら不穏なエピソードがならべられていく。たったひとつの微妙な誤審判定から歯車が狂いはじめてついには消滅にまで至った球団、ほぼ確実にセーフティバントを決められるようになった打者へ向けられる球界ぐるみの憎しみ、ライバルチーム同士の禁断のトレードが招いた二つの街のアイデンティティ・クライシス……。ふとしたリズムの狂いや失調のもたらす不穏さに、カルファスはどこまでも深く沈潜していく。

不穏さでいえば、ロン・カールソンの「Zanduce at Second」（一九九四年）も捨てがたい。三十三歳のエディ・ザンデュースは世界一有名な無差別殺人鬼だった。野球選手である彼は、実に十一人もの人間に打球をぶつけて死なせてしまっていたのだ。ひそかに苦悩する彼だったが、ファンは恐れるどころか熱狂し、自分こそが栄えある十二人目になろうとファウルボールを要求する……といった話。心のどこかで「事故」を求めてしまうスポーツにおける残酷な観客心理を怜悧にえぐり出した一編だ。

＊

ここで紹介した野球ＳＦはほんの一部にすぎない。特に未訳の長編に関しては、マイクル・ビショップの『Brittle Innings』（一九九四年）を始めとして広大な沃野が広がっている。野球はなにも日米だけの文化ではなくて、韓国（純文学方面ではパク・ミンギュの『三美スーパースターズ　最後のファンクラブ』［晶文社］があり）や、台湾（ミステリ方面には唐嘉邦の『台北野球倶楽部の殺人』があり）などにも根付いている。探せば野球ＳＦも掘り出されてくるかもしれない。今後の紹介が期待される。

最後に礼儀として個人的な野球ＳＦ短編ベストナインを付しておこう。

1（右）ドゾワ　「The Hanging Curve」
2（三）シュラム「馬が野球をやらない理由」
3（遊）ミルハウザー「ホーム・ラン」
4（一）サーリング「奇跡の左腕ケイシー」
5（捕）ケッセル「The Franchise」
6（二）キンセラ「ニックネームの由来」
7（左）ホールドマン「Home Team Advantage」
8（投）ボンド「The Einstein Inshoot」
9（中）マルツバーグ&プロンジーニ「On Account of Darkness」

あなたにもお気に入りのプレイヤーはいるだろうか？

千葉集

第一〇回創元ＳＦ短編賞宮内悠介賞。近作に「京都は存在しない」（『京都ＳＦアンソロジー：ここに浮かぶ景色』Kaguya Books）など。好きな野球選手は初芝清。現役なら荻野貴司。

暴力と破滅の運び手

the Career of
Violence and Ruin

4

マジック・ボール

シスターに連れられて部屋へ入ったとき、本やがらくたを積み上げたベッドの上で本を読むあなたがまるで上級生みたいに見えたから、同じ新入生だと知ったときは本当にびっくりした。

あんただれ、とあなたは本から顔を上げもせずに言った。なんていうの。終わった、と思った。こんなワニみたいにふてくされたやつと同じ部屋なんて、私の学生生活はおしまいだ。

でも、エリザベス、と答えた途端にあなたはパッと顔を輝かせた。何がなんだかわからずにいるうちにあなたは、私のことはダーシーって呼んで、と一方的に宣告してきた。あなたの本当の名前はサラだったけれど、あなたは私がサラと呼ぶと怒った。

学校がはじまってからの数日間で、第一印象はまったく間違っていなかったことが証明された。

当時のアメリカでは珍しい女子寄宿学校だった。お嬢様然とした子も多かったけれど、ダーシーはそうではなかった。授業やお祈りをしょっちゅうサボり、いたずらは私も舌を巻くほどに悪辣かつ華麗。脱走もお手の物で、窓から庭へ出ていくのを何回見送ったことか。

なんでそんなに外に出たいの、と訊ねたら、ベースボール、と返ってきた。

何それ？

あんた、知らないの？　東部から来たんでしょ？

ダーシーがノートを取り出して、教えてくれた。四つの塁。投手とバッター。守備の人々。

クリケットと何がちがうの。

全然ちがう！　ボールの飛距離が比べものにならないよ。

ふうん。

全然興味がなかった。ボールを木の棒で打ってベースを踏む？　全然おもしろそうではなかった。そもそも私は運動があまり好きではない。授業で運動をするのは学校を出たあと、結婚に適した体型を維持するためだ。「女性らしくない」競技は推奨されない。

だけど、ダーシーはベースボールに私を駆りだした。あんたは肩がいいから、と私にピッチャーをやらせたがった。

乗馬場が私たちのフィールドだった。乗馬用のドレスを改造して、トラウザーみたいに着れるようにした。集まった顔ぶれはとびきりの不良ばかり。どうして私が「おいのり部屋」の常連たちと球技に励まねばならないのかと抗議したけれど、ダーシーは取り合わなかった。

最初はひどかった。ホームに立った子たちが口々に疑問を言う。打ったら走ったらいいの？　この足で書いた四角いやつ踏まないといけないわけ？

ダーシーはキッチンミトンを構えながら始終吼えていた。

おいこら、逆走すんな！

そんな調子だったけれど、何ゲームかこなすうちにルールが分かってきた。ギャラリーの女の子たちも次第に熱狂して、ボールが飛んだりホームに入るのを阻止されるたびに歓声が上がった。

しかし、ときおり妙なことが起きるようになった。

私が投げた球が消えてしまうのだ。バッターもダーシーもすり抜けて、どこかにいってしまう。

怪奇現象はもうひとつあった。ボールが、教室や食堂なんかに出没するようになった。誰が投げたのか先生が問いただしても、みな心当たりがないのだった。

ある日のこと。ダーシーが私を乗馬場まで連れてきて、妙なことを言ってきた。

昨日、あそこでひとりでミトンを構えてたんだ。

ひとりで？　練習してたの？

イライザ……妙なお願いなんだけどさ、昨日の私に向かってボールを投げると思って、このボールを投げてくれない？

え……？

ダーシーはそれ以上説明をせず、私にボールを手渡してきた。表面にメッセージが書いてある――「女性だってベースボールができる。他のすべてのスポーツと同じように」。

あなたがずっと大事に持ってるやつじゃない。いいの。消えちゃうかもしれないよ？

大丈夫。やってみて。

不安に思いながら投げると、やはりボールは消えた。

ああ、やっぱり！

ボールの消えたあたりを呆然と見ていると、ダーシーが私の肩を叩き、別のボールを見せてきた。受け取ってみれば、寸分たがわぬメッセージが書いてある。

どういうこと？

ミトンに突然入ってきたんだよね、昨日。それで、どうなるかなって。さっきのは元々部屋にあったやつ。

ダーシーが立てた仮説はこうだった。あんたはゲームの最中、お夕飯のメニューとか、明日の宿題のこととか、そんなことばっか考えてる。だから投げた球がその時間と場所に飛んで行くんだよ。

言われてみれば、そのとおりだった。私が考えを巡らした時間や場所にボールが現れる。

とんだマジックね。私たちだけの秘密にしたほうがいいかも。

うん。……でも、なんでそんなことが起きるの？

ダーシーは肩を竦めた。速すぎるんじゃない？　球が。

ベースボールはほどなくして禁止になった。手の皮が硬くなるから、というのがその理由だった。

みんなが抗議運動を準備するなかで、私は学校をやめることになった。母が再婚したからだ。新しいお父さんは私が……女性が教育を受けることに疑問を持っているようだった。

ダーシーは、私に抗う気がないことを知ると猛烈に怒り、口をきいてくれなくなった。でも、最後の日、門を出ようとする私に駆け寄ってきた。

私たちはひと時ハグをした。でも、お互い何を言えばいいのかわからなかった。ダーシーが顔を伏せた。

これ、あげる。

そう言って私に本を押し付けたあと、ダーシーはホームベースに向かうみたいな勢いで走っていった。

馬車の中でひとしきり泣いたあと、私は渡された本を見た――『エリザベス・ベネット、または高慢と偏見』。

読んでみれば、全然あなたはダーシー卿とは似ても似つかなかった。ダーシー卿は校則を破って「おいのり部屋」の常連になったりしないし、野球をしないだろう。あなたは散歩が嫌いだった。あなたは美しい庭園を見れば何かを壊さずにはいられない人だった。

ダーシーとは、引っ越したあとも文通を続けていた。学校から脱走してきた彼女をこっそりかくまったこともあった。結婚の話がまとまりかけたところで、世情が変わった。奴隷制廃止を巡っていくつかの州が連邦から脱退し、内戦が起きたのだ。夫となるべき人は志願して派兵され、新しいお父さんも家に居ないことが増えた。

ある晩のことだった。

窓ガラスがかつん、と鳴った。本から目を上げると、もう一度おなじ音がした。窓を開けて見下ろすと、茂みの中で人が倒れているのが見えた。

執事を呼んだ。カンテラを持って庭に降りると、やはり誰かがうずくまっていた。銃を背負っている。その顔を見て私は息を呑んだ。ダーシーだった。

ポーチまで引きずるように運んでみると、本人の言うとおり腹のあたりが酷く濡れていた。銃痕がある。執事に目をやると、彼は頷いてどこかに行った。

志願したの？

そう。男装して、北にね。

どうして。

さあね。

ダーシーはひどく咳き込んで、血を吐き出した。本人は気付いていないようだった。見えていないのかもしれない。

イライザ、知ってる？　銃があれば男を殺せる。銃剣が付いてたら近くにいたって殺せる。

……なんてこと！

ねえ、聞いてよ。

ダーシーの目に激しい光が宿り、手が私の腕を掴んだ。

それって凄いことだと思わない。道具があれば、あんただって男と対等にやれるんだよ。もっと優れた道具があったらいい。考えて。つるぎや銃が腕を広げたように、いつかは脚を広げる道具ができるはず。身体の差異が問題にならないようなルールや道具があればいい。あるいは……自分の身体を感じられなくなればいい。誰もがね……

ダーシーの手から力が抜ける。私は何も言わず首を振った。

ベースボール……、とダーシーは言った。……ずっと、あんな小さな乗馬場じゃなくて、大きいところでやりたかったんだ。軍隊に行ったらみんな野営地の外でやっててさ。楽しかった……

またできるよ。

ダーシーは微笑んだ。わかるでしょ。

ダーシー……

私はダーシーを抱きしめた。身体から力が抜けていくのがわかった。執事と医者がポーチに現れて、私たちを引き離した。母親が現れ、金切り声をあげて失神した。

しかしそのあとダーシーはあっさりと息を吹き返し学校へ戻っていき、カレッジを卒業したのちは女性参政権運動に参加した。流石に母校で、というわけにはいかなかったが、地元の別の大学で女性だけの野球チームを作り、長いこと監督を務めていた。

私は新聞を読んでいる。

修正第十九条が批准されてから数日。ホノルルで次の月曜に女性による投票が初めて許可される、というニュースが目に飛び込み、私はため息を吐いた。ダーシー、あなた、信じられる？　アメリカのすべての州で、成人女性が選挙に参加できるようになる。たったそれだけのことに六十年かかったなんて。……でも、まだ完全じゃない。

黒人たちの投票は、卑劣な「投票税」と「識字テスト」に阻まれている。つづいて、オリンピックの試合結果。女性のスポーツはあのときからは信じられないくらい自由が認められ、まさにいまいくつかの競技でオリンピックに参加している。アントワープできのう女子の飛板飛込が行われ、アメリカからリギンという若い女性が出場していた。どうやら、金メダルを獲得したらしい。

キャッチボールをしましょう、と言って、私は孫たちを庭に連れ出す。みんなが口々に心配する。おばあちゃん、ボール投げられるの？ それも仕方ないことだろう。大戦がはじまってすぐに夫が亡くなった。従軍婦人の支援をしていたダーシーも逝ってしまった。私もふとした時に、いま自分が生きているのか死んでいるのかわからなくなる。

私はペンを取り出し、ボールの表面にメッセージを書いた。

「女性だってベースボールができる。他のすべてのスポーツと同じように。

一九八〇年八月三〇日　E・B」

インクを朝の光に当てて乾かしてから、新聞記事の切り抜きでボールを包んだ。それから、ピッチングの構えを取り、おおきく振りかぶる。指から離れたボールはふらふらと進んだあと、出しぬけに風のなかへとさらわれていき、やがて見えなくなる。

どこまでも飛びなさい。寄宿学校にいるあなたのところまで。逆走して一周しても、許してくれる？

「マジック・ボール」
初出　第三回かぐやＳＦコンテスト大賞受賞作
底本　小説家になろう（二〇二四年一月二二日公開、https://ncode.syosetu.com/n4672ip/）

暴力と破滅の運び手

「エッチな小説を読ませてもらいま賞」（二〇二三年）審査員長。井上彼方編『京都ＳＦアンソロジー：ここに浮かぶ景色』（Kaguya Books／社会評論社）に小説「ピアニスト」を寄稿し、第三回かぐやＳＦコンテストで「マジック・ボール」で大賞を受賞。橋本輝幸編『Rikka Zine vol.1 Shipping』（Rikka Zine）でソハム・グハ「波の上の人生」の翻訳（橋本輝幸との共訳）を担当した。母親がレンタルビデオ店で『エースをねらえ！』を延々と借りて観ていたのがスポ根ものとの出会いで、野球は『名門！第三野球部』や『タッチ』で学んだ。〝消える魔球〟で印象に残っているのは、大学一年生のときにサークルの先輩に教えてもらった「くまのプーさんのホームランダービー！」（通称「プー野球」）。この時は結局「魔王」を倒せず、いつかまた挑戦したいと思っている。

小山田浩子

Hiroko Oyamada

5

継承

観《み》に行った試合が負けるとね、本当にがっくりくるのよ、ずっと、短くて二時間とか、長かったら半日、大声で応援して立ったり座ったりして、この硬くて狭いシートの上で。祈るの、ここにいる何百人何千人何万人で声をからして真剣に、もう私の寿命が縮んでもいいですから今打たせてくださいい次ストライク取ってくださいって祈って、それでも負けるの。負けても一瞬で自分の家に戻れないでしょ、混んでる市電に乗って、もう暗くなってて、全部が森の中の影みたい、なんだか鬱蒼《うっそう》としてるわけ負けた日はどこもかしこも。市電の中皆が暗い感じ、関係ない酔っ払いみたいな人までしゅんとしちゃって、それなのにユニフォームは明るい赤だし馬鹿《ばか》みたいで、それでとぼとぼ歩いて、その間ずっとああ負けた、ああ負けたって、「だからもううんざりなの。私は市民球場には行かないの」

「大仰な。たった三回のことで」父はいつもそう言って笑い、朗らかに会社の同僚や友人と市民球場へ野球を観に出かけた。「あれはね、半分は外で飲みたいだけなのよ、野球が半分、ビールが半分、よくあんな狭くて硬いシートの上で酒盛りができるわよね……終わったらお店に移動してまた飲むんでしょうけど。だからまあ、そっちが本番ね、勝っても肴《さかな》負けても肴」弟が一緒に行きたいと父にせがむこともあったが、多分自分が飲み仲間と過ごすのに邪魔だと思ったのだろう、母が同行するのでなければ連れて行かないと言う。弟はほとんど涙目になって母に一緒に行ってくれと頼む。その度に母は首を横に振る、私はもう絶対に試合を観に行かないと決めている。なぜなら行った試合の全《すべ》てで負けているから。「でも、たった三回でぇ。お母さんが試合観に行ったん」そして父は誇らしげにつけ加える。「全部わしと一緒じゃ。お母さんは広島の人じゃないけえ、カープのことはわしが全部教えたんじゃ。確かに三試合とも負けたけどの」「でも、あのころのカープって言ったら、毎年優勝争いするような成績なのよ。それなのに、それまで連勝してたって、エースが投げたって、負けるの。最後に行った試合なんてひどかった。相手に十二点も取られて。エースが投げたのに」「え、誰、ピッチャー誰」「チェコよ」「僕知らん」「お前が生まれる前じゃや、カープアカデミーで育成したドミニカ人じゃや。ありゃひどい試合じゃったなあ、倫子がまだ赤ん坊で、わしの家に預けてから久々のデートじゃったのにからやれんでのお、もう途中で帰ろうでえ言うたんじゃがお母さんはムキになって最後まで」「うん、そうね、そうよ、だからお母さんは行かない」

「でも」夕飯の食卓で、家族の小旅行帰りの車中で、白い息を吐き合う初詣《はつもうで》の行列の中で、弟は食い下がる。弟が父の真似《まね》をしてカープファンを自称しだしたのはいつごろだったか、小学校に上がる時にはすでに赤い帽子を被《かぶ》っていた。「お母さん野球好きじゃろ、毎日テレビで観るじゃなあ」母は「テレビはね」と言って一人うなずき、薄く笑いながら「だって、テレビだもの」と言う。「それでも、負けとっても、最後まで、観るじゃあ、試合。ラジオも聞きよるじゃなあ」「ラジオはね、だって、ラジオだもの、本物じゃないもの」

父と弟の二人はカープが負け出すとチャンネルを替えろ替えろと騒ぐ。父などは上がったフライを取ろうとしている相手の野手に対して「ボール頭にぶつけて死ね！」などという不毛な野次を飛ばす。母はいつも黙って観ている。騒ぐ二人をではなく、テレビ画面を、ほとんど無表情でじっと観ている。まるで試験に出るから集中して観てはいるけれど本当は興味がないような、義務のような顔つき、それで、毎試合毎試合、母は最後まで中継を観続ける。いよいよ試合が劣勢になり父が本当にチャンネルを替えてしまうと、あるいは試合終了前に中継が終わってしまうと、母は片耳イヤフォンでラジオを聞いた。点差をつけられ客席がまばらになっていても、カープから相手チームへ移籍した選手にホームランを打たれ逆転されても、ナイターが延長になって風呂《ふろ》の湯がすっかり冷めても、母はじっと黙って視線をテレビ画面に固定し、あるいはイヤフォンを挿した側に少しだけ首を傾けている。食事が終わり自室に私は引き上げる、が、風呂に入るため、牛乳を飲むため、ただなんとなく、リビングに立ち寄ると母が静かにカープに集中している。それを見るとぞっとするような気もした。そもそも母はそんなにもの静かで注意深いタイプではない。ごく普通の、粗相もするしテレビ番組で象の出産などを見たらいつの間にか泣いているような、もちろんお笑い番組なら手を叩《たた》いて大笑いもするような、ごくごく平易な人柄なのだ。どうしてカープの時だけこんな顔つきになるのか、そのカープへの視線は喜怒哀楽のどれに属するのか。何が面白くてそんな白々した顔でイヤフォンを耳に突っこんでいるのか。「それくらい、全部観るくらい、お母さん、カープ好きなんじゃろ」「好きよ」母は簡潔にそう答えるが、その、好きよという回答の背後に、もっと大きくて凶暴なものが隠れているような気がしてならなかった。ただ好きなだけなら、母はもっと、父のように順位が下がることを嘆いたり、助《すけ》っ人《と》外国人が機能しないこと、監督の継投法が自分の意見と異なることなどに罵《ば》詈《り》雑言《ぞうごん》を浴びせたり、そういうわかりやすい動きを示すものではないだろうか？　ホームランに跳び上がって喜んだり、完封勝利にはしゃいだりしてしかるべきではないだろうか？　勝っても負けても母はめざましい反応をせず、それでいて翌朝には地元紙のスポーツ欄を丁寧に読む。父も弟も、負けた翌日にはスポーツ欄を開きもしないのに、母だけは、一投一打リアルタイムで観、聞いていたはずの試合をじっくり噛《か》みしめる。「そのくらい好きなんじゃろ」「好きよ、だけど、とにかく球場へは行けないの、ごめんねカッちゃん」

広島市民球場の取り壊しが決まったのはいつだったのか、気づけばそれは両親弟間やローカルニュースで度々の話題となっていた。老朽化著しい市民球場、この場所から移転するなんて許さない、いやそうもいかない、新球場はドーム球場、いやドームじゃない方がいい、どちらにせよそんなお金はない、お金がないならたる募金、ドームじゃないけど今までとは大きさも設備も違う新球場、間に合うのか、お金は足りるのか、どうやらどうにかなるらしい、つきましては今シーズンが市民球場最後の……父は母に試合を観に行こうと言った。もう最後なのだ、一度だけ、家族全員で市民球場へ行こうではないか。「かわいそうなじゃなあか。一度も行かんまま市民球場がないなる思うたら、勝俊みたいな生粋のカープファンはおれんよ。最後に家族で行っちゃろう」「でも……」母は嫌そうにしたが、いつの間にかこましゃくれ声変わり中らしいかすれた声で俺など自称するようになっていた弟の懇願の視線にしぶしぶうなずいた。私は興味がないので行かないと言ったが、「なんでじゃ。家族四人で行くんじゃや。市民球場はわしの青春じゃ」父の青春、そんなもの別に見たくも知りたくもない。そもそも私は家族で唯一《ゆいいつ》カープファンではない。負けるよりは勝てばいいなと思いはするがそれは明日晴れるといいなとかそういう希望に比べてもはるかに漠然とした感覚で、そんなもののために長い時間拘束され古いらしい狭いらしい硬いらしい座席の上に座っておらねばならない……「お父さんと勝俊と二人で行けばいいじゃない、何ならお母さんも留守番してればいい」私は援護を期待して母をちらっと見た。しかし母はどこかをぼんやりと見つつ眉《まゆ》をひそめているばかりで、私の声は聞こえていないようだった。

行くことになったのはヤクルト戦、先発はルイス、市民球場で開かれる最終公式戦の一つ前の試合だった。「ええ試合じゃろ、勝っても負けても記念になるで」指定席だから大丈夫とはいえ早めに行こうと出かけたが、到着した時には球場前の道にもユニフォーム姿の人が溢《あふ》れていた。「明日はもっとすごいで、最後じゃし、先発マエケンじゃしな」内野指定席、一塁側、私はもしかして誰か知り合いに会いはしないか、テレビカメラが客席を大写しにする時に映ってしまってそれを見られはしないか、あまりファンではないのにこんな重要な試合にユニフォームも着ずキャップも被らず座っていることを誰かに看破され糾弾されはしないか、なんだか気まずかった。シートに座り見回すと、別に私以外の全員がユニフォーム姿というわけでもなく、ごく普通の格好、Tシャツや襟つきシャツ、斜め前あたりにはひらひらしたノースリーブドレスの女性さえいた。大きなカバンをごそごそ探っていた彼女は、中から赤い細長いタオルを取り出してむき出しの肩を覆《おお》うようにかけた。結婚式的なものの帰りかそれとも試合後に出勤なのか、真っ赤なタオルが、つるっとした肌色を妙に目立たせていた。「さすがに人が多いのお。内野も外野もどこもほとんど席があいとらん。三塁側も真っ赤じゃ」上機嫌な父に弟がぼそりと「ヤクルトファンはおらんのかな」と言った。友達から借りたというだぶだぶの嶋《しま》のユニフォームを着て、自前の、しかし被っているのを見るのはなんだか久しぶりのカープ帽を被っていた。大はしゃぎというわけでもない、仏頂面《ぶっちょうづら》にさえ見えるのは照れだろう、家族全員でどこかに出かける事自体珍しくなっていた。「おらんことないじゃろう、どっかおるわ」「まあでもほとんどおらんか、わざわざ広島まで来んか、こんな時に」市民球場に入る前、球場を取り巻くそこいらにははっきりとした熱気のようなものが感じられたのに、自分がその中に取りこまれ座ってみると、そして群衆を形成している一人一人を眺めていると、割合普通というか、冷静というか、露骨な興奮状態にある人はあまりいない。惜別の熱狂真っ最中という感じでもない。ただ、観客席の椅子《いす》やグラウンドや通路などにカメラを向けている人々はそこここにいた。初めて来るのに見慣れた感じがするのは、幼いころからずっとテレビで中継を観ていたせいだろう、とにかくそこに、ここに、自分が座っているのが変な気がした。私と同じように周辺を見回していた弟は急に立ち上がると、不自然なほど低い声で「俺メガホンみたいなもの買《こ》うてくる」と言った。「あ、私も一緒に行く」通路に出るまで、座っている人に断りを入れつつ脚をよけてもらいながら歩かねばならないが、人々は慣れているのだろう。ラジオを用意しながら、隣同士話しながらこともなげに脚、あるいは体全体をずらして通してくれた。売店で弟は叩くと音が出るように二つに分かれているメガホンを買った。私はその隣に並んでいたタオルを手に取った。さっきのドレスの女性が肩からかけていたものと同じだった。一枚買って彼女のように首からタオルを垂らすと、少しだけ場違いな気まずさが緩和されたような気がして、さらに打ち合わせるために二本一組になっている細長いバットを模した応援グッズも買った。「姉ちゃんの方がようけ買いよる」弟が低く笑いながら買ったばかりのメガホンをぱしぱしと叩いた。「あー、お年玉残しといてユニフォーム買うたらよかったわ、俺の」「買うなら誰よ?」「やっぱりマエケンか、前田かなあ」通路から自分たち二人分の空席を探すと、母と父が並んでいるのに連れ同士ではないかのように座っているのが見えた。母は不機嫌なのか何なのか、多分朝からほとんど口を開いていいないような気がした。「お母さん変じゃない?」「そう? まあ、嫌がっとったしねえ、無理に連れて来んでもいいのになあ」席に戻ろうとすると、わずかの間にさらに人が増えていた。隣の客はうどんを食べていたので前を通るのに余計に気を使ったがやはりなんでもないように脚をずらして、「すいません」という声にフンフンと頷《うなず》いてさえくれた。「買えたか?」「うん、あっ」座るやいなや弟が声をあげた。「ブラウン監督のおじさんじゃ!」耳慣れたはりのある男児の声だった。「え、監督のおじさん?なにそれ?」「有名、いつも客席で被り物して応援しよるじゃなあ」「かぶりもの?」「ほら、一番とったりに、ほら、被っとる、今もブラウン監督の頭、ほら」弟が一生懸命指差す先に、確かに一人頭が異様に大きくなっているおじさんがいた。周囲に小さな人だかりができていてカメラを向けている人もいる。なるほど誰かの頭部を模した被り物、その姿を見た途端、このおじさんの姿が中継で大写しになっていたのを思い出した。ビールケースのようなものに乗っているらしく一段高いところから、観客席の応援を煽《あお》ったりする人、「応援団長とかなのかな」「さあ、でも、なんかテレビで見るより頭がでかい。体は小さいなあ」弟の声はもう低いものに戻っていた。発泡スチロールなのか紙粘土かプラスチックか素材がよくわからないものでできたその（それがブラウン監督まさにその人のとは言い切れない気がしたがそれでも西洋人であることはなんとなくわかるような）頭部は巨大だった。居間のテレビを通して見るのとは縮尺が違うような気がしたが、それはおじさん一人の中の縮尺ではなくて、市民球場という場所との兼ね合いかもしれない。さっき座った時は見慣れていると思ったこの場所が急に不思議な場所であるような気がした。果たしてここはこんな風だったか、こんな色だったか？　遠くに見える上部が赤い外野フェンス、ブラウンおじさんに喝采《かっさい》を送る人々、楽しそうに飲食したり写真を撮り合っている人々、巨大なビジョン、一人ずつデザインや色が微妙に違う観客席のユニフォーム、ピッピッピというブラウンおじさんの笛の音の鳴り方に合わせて観客が手やメガホンなどを打ち合わせたり腕を上げ下げした。応援の予行演習なのだろう。私と弟はそれに二、三度合わせたが、母も父もしなかったし両隣の客も動かなかったので恥ずかしくなってすぐやめた。おじさんの指導は遠ざかるにつれ薄くなり、ちょうど我々のあたりが分岐点になっているようだった。母は座って前を見ていた。じっとなのかぼんやりなのか私にはよくわからなかった。東出のユニフォームを着た父が隣のお客さんのうどんを見ながら不躾《ぶしつけ》なほどの大声で「お前らも、お腹《なか》がすいたらうどん、買うちゃるけえの！」と言った。「肉うどんとてんぷらときつねがあるけえどれがええか考えとけよ」私はそっとお隣さんを見たがやはり素知らぬ顔で熱心にうどんのネギを掬《すく》おうとしている、それは肉うどんらしかった。「わしはやっぱりてんぷらじゃけどの、おい、お前ら負けてもはぶてるなよ、お母さんみたいに。試合は負けか勝ちかしかないんじゃけえ。引き分けはあれじゃけど、まあ二分の一じゃ。二分の一でいつも勝てると思とったら、人生はつまらんよの。つまらん人生よの。長い目で見たらトントンになるようになっとるんじゃけえ、今日負けたら先の勝ちを貯金したようなもんじゃと思うとけよ……しかしほんまに壊すんかのう、壊したあとどうするんかも決まっとらんのにから」「草野球専用のスタジアムにすればええのに」「維持費よの、まあ草野球するにしても老朽化しよるけ危ないんは変わらんしなあ」ピッピッピ、ピッピッピ、笛の音の中ふと見上げると、丸い明るいライトが高かった。テレビで見るのとは何かが違う。まるで違う。九月の末、肌寒いような暑いような、隣の客がすすっているうどんの甘辛い匂《にお》いが漂ってきた。他の匂いも漂っていた。それは人ごみの匂いなのか塗装や骨組みが何年もの間観客を収容しながら古び劣化した匂いなのかはたまた選手たちがウォーミングアップのためにかいた汗の匂いなのかブラウンおじさんの頭部の塗料の匂いなのかボールのグラブのバットのグラウンドの土の芝の匂い、今まで嗅《か》いだことがないこの匂いを、多分この先嗅ぐこともない、もう嗅ぐことはできなくなるのだと思い、私はなぜか急激にさみしくなった。「おい、試合が始まったらここまでうどん持って帰るんもしんどいけ今のうちに食うとくか?」「俺はええ」弟は即答した。今物を食べたい気分ではないのはわかる気がした。私たちの体内も周囲も初めてのそして最後の市民球場でいっぱいで、うどんをすすったり油揚げをかじったりするような余裕はないのだ。父は肩をすくめた。「知らんで……まあ、じゃあ、ええけど」ピッピッピ、ピッピッピ、ブラウンおじさんにまた視線を向けると、くり抜いてあるのか塗ってあるのか異様に深く黒々としたブラウン監督の目がこちらを見ていた。ぎょっとして、これは私を見ている、いや違う。その視線の先にいるのは私の隣に座る母だった、らしかった、そのような気がした。すぐにおじさんの顔は別の方向に向いてピッピッピをやった。母を盗み見ると、今までその視線に応《こた》えていたようでも、ずっとあらぬ方向を見ていたようでもあった。母は両手をからませるようにして握り、揃《そろ》えた両膝《りょうひざ》の中心にそっと置いていた。

あたりは暮れ始めていた。選手たちが出てくるとその小ささに一瞬驚いて、すぐに目がズームを合わせたらしく彼らがものすごく大きいということを脳が理解してさらに驚いた。普通のおじさんだと思っていた本物のブラウン監督さえも大きく、それは背が高いとか太っているとかいう大きさの尺度の話でもなく、存在感、オーラ、どの言い方も近いが違うような気がした。住む世界が違う、全く別の律《りつ》の中で生きてきた人々、中でもルイスは巨大だった。遠いマウンドにいてさえこれだけ大きいのだから、目の前にいたらどんなだろう。多分怖い。テレビでは大写しになるのでよくわかるその表情はこの席からは全く見えず、ただその長い長い腕が振り下ろされるともうその球は尋常でなく速かった。剛腕だった。ゴウワンという言葉を、今まで使ったことがなかったが、その投球を生で見て、「剛腕じゃのう」と誰かが呟《つぶや》くのが聞こえて、本当だこれはゴウワンなのだと思った。球が、単に速いだけでなく確かな感じで、投げるとグンという波動がここまで来た。打者はするすると三振した。「すごいのお」弟の声がまた幼くなっていた。頬が紅潮している。最初大人びた顔をしていた分余計に幼く見えた。「僕、いつ息吸うてええんかようわからん」父はビールで頬を赤くしていたが、家でのように野次を飛ばしたりはしなかった。てっきり、父は球場でも大声で野次を叫んだりしているのだと思ったが、黙ってにやにやしているばかりだった。私の方が面白くなって大声で応援した。手を伸ばし、打ち鳴らし、カットバセー、シーボルなどとも一緒に叫んだ。歌も歌った。周囲の人のリズムに合わせているつもりでも不意に自分一人がずれそうになるのさえ面白かった。相手の投手は何度か交代したが、カープはずっとルイスだった。当然ルイスだった。塁に出られることもあったものの、最後はいつもルイスが三振を取った。カープはひょい、ひょいと点を取った。その度に観衆は狂喜乱舞した。一点一点が信じられない奇跡のように思われるのに、一方で今三塁に走りこんだカープの選手がアウトにならないことは初めから決まっていたような気がした。そんな時は私も興奮してうまく息ができないような気がした。隣の人も前の人も後ろの人もその向こうの人も同じように興奮しているのだと思うと、この一点のために今まで生きてきたかのような気がした。歓声やトランペット音が固形物のように空気に混じって私の肌や耳や髪の毛にぶつかった。私の歓声も空気中に出るとすぐに固化しあたりに飛び散って入り交じった。「点って取れない時はいつまでも取れないでしょう」三点取った四回後の攻守交代中に、母が急に呟いた。「取れそうにもないでしょう。一塁までさえ遠いでしょう。三塁なんて絶対たどり着けないと思うでしょう」母は選手たちが一旦《いったん》引っこんだグラウンドを凝視していた。あれだけ見ていたら逆に目には何も映っていないのではないか、母の声を聞くのは数時間ぶり、いや数日ぶりのような気がした。平静なのにそわそわしたような、若やいだ声に聞こえた。「でも、取れる時は取れるのよねえ、ちゃんと。今みたいに。簡単みたいに。それと勝ちと負けとは違うけど、もちろん」「お母さん何言よるん?」「何が違うのかしらねえ、何かがあるのよね、それって多分、選手の出来とか監督の采配とかそういうことじゃないのよね、初めから決まってるのよ」「お母さん?・」「お前らほんまにうどんええんか、お腹すかんのか、わしだけ食うてくるで、てんぷら」

九回の表に、ルイスが少しだけ乱れた、ように見えた、わからない。フォアボールを出し、ヒットが出、三塁にまで相手が来た。二、三塁とはいえすでにツーアウト、点差は充分あった。五対〇、もし次ホームランを打たれたってまだ全然勝っている。客席は何ら静まり返ったりはしなかった。勝利はすぐそこにあった。本当のすぐそこ、手を伸ばせばいや、時さえくれば勝手に熟れて落ちてくる果実のような、赤い、丸い「でもね」母の声がした。「そう思うと、あと一つでいいんだからって思うと、ホームランなんてすぐそこにあって、その先もあって、気づいたら負けてるのよ」小声だった。隣に座っている私の耳にさえ聞き取れるか聞き取れないかくらいの「私何度もそういうの見たのよ」「え?・」母の目線はマウンドに固定されている。ルイス、何度か飛び散る汗の見えたルイス、その剛腕、ここからだと何色だかわからないが私のとは違うその瞳《ひとみ》「お願い、負けないで!・」突然母が小さく叫んだ。周囲の人は皆大声で応援している、その中で、母のその声だけが異質なほど悲愴《ひそう》だった。「負けんよ、大丈夫だよ、だってもうツーアウトだよ」母はマウンドを睨《にら》みつけながら「わからないわよ、だって私だもの」膝の上で組み合わせた両手を、指先が変色するほど硬く握っているのが見えた。「お母さん、大丈夫だよ」「だって私見てるんだもの。ここで。うどんも食べずに。ビールも飲まずに。何度も何度も何度も何度も」母の声は滑らかでさえあった。私は目を丸くして聞いていた。いつの間にか父も母を見てぽかんと口を開けていた。ただ弟だけがルイスを見ていた。らんらんと光りながら次に起こる歓喜に備えているように見えた。頬が赤い。弟は勝つとしか思っていないようだった。母は続けた。激しいのに静かな声だった。

私ね、子供のころからカープが好きでね、広島に親戚《しんせき》がいて夏休みのたびに市民球場、広島に進学させてもらって越してきて、そしたらもうしょっちゅう、市民球場、シーズンに一度だけの時もあったし、毎週通った時期もあった。三回じゃない。三回はお父さんと観に来た回数だけ。その前にも後にも、もう数えきれないくらい、嘘《うそ》、数えているの、全部で五十三回、五十三試合観たの、それで、それが、全部負けたの。全部よ。五十三敗。一度たりとも勝たない。接戦もあったし逆転負けもあったし完封されたこともあったしわけがわからないうちに何点も何点も取られて身ぐるみはがされて途中で皆帰っちゃって客席ががらがらになって、野次がひどくて翌日寝こんじゃうような負け方もあった。ちょうど五十三回目がお父さんと観たチェコの試合。それでもう、やめようと思ったの、これ以上観たってしょうがないじゃない、負けるんだもの。途中から私のせいで負けるみたいな、私が罰を受けるべきなんだって思うような、でもそれも不遜《ふそん》なのよ、私のせいで負けるなんてそんな自分が世界の中心みたいな、じゃあ何なの、どうしてなの、どういう理由でこうなっているの、カープだけじゃない、世の中はどんなにでも悪くなれるじゃない、私がここに座っているだけで。何一つ手出しできないまま逐一目撃させられてどんどん悪くなっていくのを、急にどすんって致命的なことになるのを、いつだっていくつだって……。負けるのはつらいのよ「お母さん?」「お前」私と父が何度か口を挟もうとしたができなかった。母の口は止まることなく動き続けた。目はじっとマウンドに注がれていた。時間の進み方が妙だった。もう何分も母の言葉を聞いているような気がするのに、一体ルイスは何をしているのか、球は、ストライクは。後ろから丸くて柔らかい何かに後頭部を押されていたが振り向いて確認することはできなかった。母から目が離せなかった。……何度負けても負けるのには慣れないのよ。勝つことには多分慣れる、でも負けるのには慣れない。だからね、私生で観るのは二度とやめたの、五十回ちょうどでやめるはずだったけどお父さんと会ってそういう風になって成り行きであと三回でも三回あれば充分よ。五十回あっての三回だもの、だから今日も来ないつもりだった。直前にお腹が痛いとか言って私だけ行かないようにしようと思って、でもやっぱり観たかった。試合も球場も、最後にもう一度、怖かった、怖い、どうしよう。お母さん、生まれて初めて勝つかと思ったのに、ねえ勝俊、倫子、ルイスはあと一つアウトを取れると思う？やっぱり負けるのかな、……あと一つでいい、もう手が届くと思った時、絶対そこにアウトはないって私は今まで学習してきたの、この市民球場で。九回のツーアウトまできて負けた試合だって「あっ」弟が息を呑《の》んだ。打者のバットが空を切るのがちらりと見えた。赤い観客が沸き返った。空振り三振だった。守備についていたカープの選手たちがマウンドに駆け寄る。母は両手で口を覆った。父は呆然《ぼうぜん》として母を見ている。わしが野球のルールから選手の名前から教えてやったんじゃ、お母さんは野球は全然じゃったけえの、せっかくの名試合の最後を見逃した父、「勝った！　ルイスの完封じゃ！」弟が叫んで跳びはねた。ピッピッピ！　ピッピッピ！　ブラウンおじさんの笛が高らかに鳴り響き、待ちかまえていた人々が両手を、メガホンを打ち鳴らして歓喜に躍った。私の後頭部から鋭い音を立てながらジェット風船が飛び上がった。あたりからも無数に湧《わ》き上がっていた。空がすっかり暗くなっていた。星がない。いや、ライトが明るすぎて見えない、これが今まで、毎年春から秋まで、何度も何度も、全国で繰り返されてきたのだ。どちらかが勝ってどちらかが負ける、この市民球場でも何百回何千回何万回と人々はこうやって喜び打ちひしがれてきたのだ。母は両手で口を覆ったままだった。喜んで跳びはねることも泣き崩れることもなくマウンドを見ていた。私は少し迷ってから、弟と共に跳びはねる方に合流した。全体が赤かった。近くに座っていた見知らぬ人々ともメガホンや手を打ち合わせた。一人で来ていた老人に肩を叩かれ、酒くさい中年夫婦とハイタッチし、前田のユニフォームを着た若い女性と抱き合って喜んだ。彼女の髪の毛は後頭部で綺麗《きれい》に結い上げてありその首筋から甘い匂いがした。ふっと体を離した時に、彼女が肩を出したドレスを着ていたあの若い女性だと気づいた。いつの間にユニフォームを着たのか、隈《くま》取るように彩《いろど》った目に涙が浮いていた。夜なのに明るいと思った。本当に明るかった。ちっとも老朽化なんてしていない。これだけの歓声に、跳躍に、喜びに耐えるこの球場、見上げると遠くて高いライトに巨大な蛾《が》がぱたぱた群がっているのが見えた。舞い落ちる鱗粉《りんぷん》なのか人々から発せられる蒸気なのかうどんの湯気なのか、白銀色の薄い霧の筋のようなものがライトの光を何度もよぎっていた。

てっきりもっとずっと長く広島でプレーしてくれると思いこんでいたルイスが家庭の事情により突然国へ帰ってしまい、弟は落胆した。絶望した。そして、以来、野球を見るたびに、投手が打たれるたびに、ルイスがおればなあと呟くようになった。ルイスなら三振とるのになあ、剛腕じゃもんなあ。ルイスだって負けた試合も打たれた試合もあると言っても聞く耳を持たない。今でも彼はルイスの幻影を見ている。前田健太《けんた》だろうがダルビッシュだろうが田中将大《まさひろ》だろうが誰だろうが、ルイス、あの日のルイス、市民球場のルイスにはかなわない。あの試合は何度思い出しても、ええなあ、最初がルイスでほんまによかったわ。私もそう思う。いい試合だったしいい球場だった。思い出すたびに胸が熱くなりざわめきそしてぐっと重たくなる。父は、自分が手ほどきしたと思っていた母のカープ道が自分のそれより遥《はる》かに長く密なものだったと知ってから、前ほど野次を飛ばしたりチャンネルを替えろ替えろと騒いだりしなくなった。若いころの母が一体誰と市民球場へ行っていたのか、知りたくてたまらないらしいが母は女友達の名前を数名挙げただけだった。「あとは、グループでいろいろ、ほかは親戚の人とね、それは子供の頃からだもの」それだけが事実でないことは横耳で聞いていた私にさえ薄々感じられたから、父はなおのこと納得しなかったがそれ以上母は決して言わなかった。父は新しい球場、マツダスタジアムには一回か二回しか行っていない。「売ってる生ビールが高いとか言って……」「まあね。でもそれだけじゃないんじゃないの……確かにビールは高いけど、料理はいろいろ種類があって結構面白いし美味《おい》しいんだよ、それは市民球場より充実してるよ、それもちょっと、高いんだけど」「へええ、そういう工夫はいいわよねえ、シートもいろいろあるじゃない、楽しいわよね、きっと」母はあの完封試合をきっかけに、再び球場に足を運ぶようになるのではと思っていたが、違った。「やっぱり、あれは、まぐれよ。次から全部勝つなんて、あり得ないと思うもの。いくら新しいスタジアムに移ったって、同じよ、私怖いわ」私が大学進学で家を出る少し前から、実家は全試合を必ず最後まで中継すると謳《うた》うチャンネルに加入した。もう中継が終わったからとラジオに切り替える必要もなくなった、にもかかわらず母は、しばしば試合の途中でチャンネルを替えたり切ったりするようになった。どうして？　今までは絶対に最後までつき合っていたのに、尋ねてもさあと首を振るばかりで要領を得ない。翌日の新聞のスポーツ欄も、見たり見なかったりするようになった。勝ち負けとは関係ない。大量点差で勝っていてもチャンネルを替えることがあるかと思えば、エラーから始まる悪夢の大量失点について復習するように熱心に読んでいることも、試合があったことすら気づいていないように見える日もある。ねえ、どういう基準なの？　どうして最後まで観ないの？　どうして負けてても時々はちゃんと最後まで観るの？　カープがどうでもよくなっちゃったの？　まさか。生きる喜び。心の糧《かて》。本当の青春。優勝しないかなあ！　私も、高校生になった弟も、もう行きたければ勝手に観戦に行く。弟と連れ立って行ったこともあるし、友人と、一人での時もある。大学に進学し他県で一人暮らしをするようになった私は、ゴールデンウィークと夏休みの里帰りの度にマツダスタジアムへ行く。私が住んでいる場所でビジターの試合がある時も、お金がある限り（と言ってそれはかなり稀《まれ》な機会になってしまうのだが）観に行く。よほど球場でビール売りのアルバイトでもしようかと思ったのだが、ホームスタジアムでもない以上あまりに無駄が多い気もした。それとも、カープ戦の時だけシフトを入れてもらうことも頼めば可能なのだろうか？「そんなわがまま。それにあれ体力いるでしょう、あのタンク何キロあると思うのよ」「まあね……ねえお母さん、せっかく私今広島にいるんだし、一緒に試合観に行こうよ」「いやだ。だって」

倫子が行くと負けるもの。「そりゃ、でも」あの日のルイスの完封試合から六年、私が生で観る試合、全てカープは負けている。マツダスタジアムで負け甲子園で負けオープン戦で負け交流戦で負け「でも、私とお母さんが行けば相乗効果でまた勝つかもしれないじゃない、それか、また四人で、あの時みたいに」母はさも面白そうにくすくす笑う。口元に当てられた指先、しばらく見ないうちにずいぶん爪《つめ》をきれいに塗るようになった。「お友達がネイルサロン始めたの。ほら、ここにキラキラのでＣ描いてもらったのよ……それに、勝俊だって嫌がってるじゃない、もうお姉ちゃんとは絶対行かないって」「一緒に行かないだけじゃない、もう私には二度と野球観るなって言うよ、あの子」乱打戦の末負け、投手戦の果てに延長で負け、一回に大量失点、まさかの失策、あんなによく抑えたのに打線の援護がなくちゃ投手が可哀《かわい》そうじゃないか、驚異の残塁率、いつまでも白線が乱れない三塁から本塁までの間、中継ぎ陣総崩れ、新人で負けベテランで負け助っ人で負けた。偶然だとは思えない数、「まあだ、まだ、五十三回負けてからよ、そんなの」そして私の顔をまじまじと見る。「私ねえ、若い時、カープファンのお友達に、死神って呼ばれていたの」負け試合の後、うなだれ、うねるように駅へ向かう赤い人波の中、誰かに指さされこいつのせいで負けたんだ、今日は！　あの女、洗濯しすぎで色褪《いろあ》せたようなルイスのユニフォーム着たさえない女！　後ろを振り返り周囲を見回すが誰も私なんて見ていない、当然、見ていないけれどでも。私は負け試合の翌日はスポーツ紙含め全ての新聞を買い、隅から隅まで読む。ネットニュースを遡《さかのぼ》る。まるで自分が母になったような気がする。いや、母以上に、その日の気温、トップニュース、世界の動向、心温まる地方の話題、相撲にオリンピック、投書欄、占い、レシピ、セールのチラシ、そこには何かの法則があるはずだ。厳然として、必ず、そこにある。打率や防御率では計れない何か。私はそれを見出《みいだ》さねばならない。見出して、そして。だって偶然なんてことがあるだろうか？　十敗、二十敗、目を凝らす。どこかに、何か、小さなサイン、微《かす》かな痕跡《こんせき》、私の知らない世界のルールを、その隙《すき》間《ま》に探すのだ。

「継承」
初出『小島』（二〇二一年、新潮社）
底本『小島』（二〇二三年、新潮社文庫）

小山田浩子

広島県広島市出身。二〇一〇年に「工場」で第四二回新潮新人賞を受賞。二〇一三年に『工場』（新潮文庫）で第三〇回織田作之助賞、第四回広島本大賞（小説部門）を受賞。二〇一四年には「穴」で第一五〇回芥川龍之介賞を受賞した。著書に『穴』『庭』『小島』（新潮文庫）、エッセイ集『パイプの中のかえる』『かえるはかえる：パイプの中のかえる2』（twililight）がある。二〇二三年には、なかむらあゆみ編『巣 徳島SFアンソロジー』（Kaguya Books／あゆみ書房）に「なかみ」を寄稿した。旧市民球場前にあった喫茶店で前田智徳を見かけたので店に入るか出待ちしてサインをもらいたかったが勇気が出ずできなかったのがいまも心残り。

新井素子
Motoko Arai

6

阪神が、
勝ってしまった

今日も阪神が勝ってしまった。

ＴＶを見ながら、陽子《ようこ》さん、何とも不思議な感情におそわれる。ここの処《ところ》、ずっとこうだ。

今日も阪神が勝ってしまった。そりゃ、一応阪神の応援をしているんだし、応援をしている以上、阪神に勝ってもらいたいのはやまやまの筈なんだけれど……何なのだろう、この感じは。嬉しいの何のという前に、愕然としているというか、茫然としているというか、虚脱感にとらえられているというか、そう、どうしていいのか判らないのだ。

ふと、思いついて、陽子さんは傍らの夫の顔を眺める。陽子さんを阪神ファンにした、その元凶である処の夫は——陽子さんより、はるかに愕然としていた。ぼけーっとしたまま、半ば口を開けている。

「あなた」

体の中から、何かがぬけだしてしまったような気分で、陽子さん、夫に声をかける。

「阪神……」

「また勝ったね。それも、巨人に勝った……」

三日前なら、思わず夫婦してTVの前で握手をしている状況の筈なのだ。阪神が勝った、それも宿敵巨人に勝った、しかも逆転勝ちなのだから。なのに、今日の二人はそれだけの気力もなく、ただ、ぬけがらのように黙ってじっとTVを見ている。

これは、おかしい。何かがとてつもなく狂ってしまっている。

ほけっとTVの画面にただ目を走らせている夫の姿を眺めながら、陽子さんはここの処しばしば感じる不吉な気分につつまれていった。

☆

何かが、目に見えないどこかで、次第次第に狂いだしている。

この間から陽子さん、疑惑と呼ぶにも価しない、さささいなささいな日常の違和感にさいなまれていたのだ。

それは、まず、阪神の勝利があんまり嬉しくなくなってきたという事実になって現れた。あんまり嬉しくない——あ、でも、そういう訳でも、ない。嬉しいことは嬉しいのだ。そりゃ、確かに嬉しいのだ。でも……。

勝利の実感、というものに、それは、どこか欠ける、嬉しさなのね。

そう。

一言でいうと、信じられないのだ。プロ野球ニュースが、全国民をあざむいているか、あるいは一部阪神ファンだけをあざむいていて、いざ阪神の優勝のその瞬間、『実は今までのニュースは全部こちらの手違いでして、阪神は優勝しておりません』って声が聞こえてくるんじゃないか、そんな気がする、妙な現実感のなさ。

夫もそれは感じているようだった——いや、夫の方がむしろ、切実にそれを感じているようだった。

そして。阪神の勝利の現実感のなさが進むにつれて、あきらかに夫の様子がおかしくなっていってしまったのだ。

たとえば。それはこんな行動となって現れた。

ある日突然、夫は数万円分の罐詰《かんづめ》を買って帰ってきた。それと、多量のカンパン、そしておおきな水をいれる為の容器。それから、その晩のうちに、夫は、懐中電灯だの、救急医療品だのを、買ってきた食料と一緒の袋につめこんで、夜、それを枕許《まくらもと》におくことを厳命した。あきらかに夫の小遣いはそれで尽きてしまったことは明白なのに、いつになく夫は小遣いの再請求をすることもなく、かわりに陽子さんにこう頼んだのだ。どうか防災頭巾を二つ作っておいてくれ、と。

それから、また、ある日。突然夫は陽子さんを連れ夕食後に外出、区指定の緊急避難場を確かめにいった。それも、各種幹線道路が使えなくなった時の場合まで想定して、いろいろな方法で、三往復も。

あきらかに夫は、きわめて間近に迫った、大災害を想定しており……でも、そんなに確信を持って断定のできる災害があるとは、陽子さんにはちょっと思えなかった。ただ――阪神の優勝をのぞいては。

また、夜、突然隣で寝ている夫ががばっと身を起こす。何かと思って陽子さんが慌てて起きると、夫は半分寝たままで、口の中でぶつぶつと、『ほんとなんだろうか、ほんとに阪神にマジックがついたんだろうか、ほんとなんだろうか、信じていいんだろうか』って繰り返している。陽子さんが、『何言ってるのよあなた、ほんとに決まってるでしょ』とか、『こんな時間にどうしたのあなた』なんて言ってみても、それは全然夫の耳にははいっていないようで。

しかも。どうやら夫は、夢遊病に近い状態になってしまっているらしく、ゆすってもたたいても、一向にはっきりとは目をさまさず、薄目をあけたような不気味な状態で、朝方まで寝もせずに、ずっとぶつぶつ繰り返している。

そんな日が、何日か続いた。そして――朝、昨夜はどうしたのと陽子さんが問い詰めてみても、何と夫は、昨夜の奇態をまったく覚えていないらしいのだ。そして夫は、睡眠不足になってゆく。睡眠不足になってくると（だって毎晩、『ほんとなんだろうか』っていうのを夢うつつのままやっているんだもん、寝ている暇がない）ますます元気がなくなってきて、阪神が勝ってもその喜びの表現が段段すくなくなってくる。

そして、ついに。

阪神のマジック7がになった夜、夫は阪神の勝利に対して、陽子さんに握手すら、求めないようになってしまったのだ――。

☆

その夜、陽子さんは、またもや夢遊病状態になってしまった夫に対して、この間から考えていた、とあるおまじないを試してみる気になっていた。陽子さんとしても、そろそろ限界に近かったのである。昼間は、どうにも現実感のない阪神の勝利に悩みつつ（そう、阪神の勝利に対する現実感のなさは、ついに日常生活における、現実感、自分の存在感のなさにまで、発展してしまっていた）、夜は夜で、夜毎の夫の『ほんとなんだろうか、信じていいんだろうか』の呟《つぶや》きで睡眠を破られて。

「ほんとなんだろうか、阪神のマジックが7だなんて、そんなことがあり得るんだろうか」

夫の呟きが始まった。陽子さん、夫の耳元に唇をよせると、小さな、でも明瞭な発音で夫にこう告げる。

「嘘よ。プロ野球ニュースがしくんだ嘘よ。ほんとは阪神は最下位なの」

「そうかあ。やっぱり」

と。思っていたとおり、夫は世にも安心しきった、やっと落ち着いたという感じの声でこう呟き、納得して寝いってしまった。そして陽子さんもまた、何だか肩の荷をおろして身軽になったような気がして、ひさしぶりに安心して眠れたのである。

☆

夜、寝ている時は。阪神の優勝という、今の処実現はしていないが、そのうちおそらくは実現してしまうであろう恐ろしい事実を誤魔化すことが、まだ、できた。

が。

日がたつにつれ、阪神は順調に勝ち続け、マジックはどんどんへっていった。こうなると、正気を保っている、正気の領分である処の昼間は、どうにも阪神の優勝という事実から目をそらして生活する訳にはいかなくなってしまったのだ。

新聞をみれば、阪神のマジックがでている。

酒屋に行くと、阪神タイガースのマークいりのビールがおいてある。

別に野球中継、プロ野球ニュースでもないくせに、TVをつけると阪神の話題が耳にはいってくる。

モーニング・ショーでは、明るい話題なぞと言って、どこぞの動物園にやってきた白い虎の話題なんぞを流している（これは直接阪神に関係はないが、でも、バースって名がついた）。

そのうち六甲おろしの幻聴が聞こえてくるような気さえ、してくる。

どうすれば、いいんだ？

☆

阪神のマジックが1になった日。

おくればせながら、陽子さんはやっと、阪神の優勝がこうまで確定的になったというのに現実感がまったくない、いや、それどころか自分自身の存在感までがなくなってしまったのは何故かという理由に、思いあたった。

つまるところ、それは、たった一つの疑問文で集約できる。

どうすれば、いいんだ?

優勝なんてしちゃったら……万が一、阪神が優勝しちゃったら、一体全体、どうすればいいんだ?

陽子さんは、結婚前はプロ野球にまったく興味がなかった人間である。それが結婚して二年、夫の好みにひきずられて、いつの間にか、何となくなってしまった、いわばできたての阪神ファンである。その陽子さんだって、阪神の優勝を巡る、苦節二十一年の歴史は知っている。いつだって、開幕直後は期待させておいて、中途でこけるのが阪神のパターンだった筈だ。その阪神が、中途でこけもせず、いつ裏切るか、いつファンの期待を裏切るかっていう、負けに対する期待を裏切って、何と優勝にリーチをかけてしまうだなんて……阪神の選手にそれだけのことをされてしまった場合、ファンとしてはどうすれば、その選手の努力にたいして報いることができるというのだろう……？

それは、まあ、喜べばいいのだろう、とは、思う。素直に考えると、喜ぶ以外に何もすることはないっていうのは、判る。

でも。喜ぶって言ったたって。二十一年ぶりの悲願がかなった場合の喜び方って……どうすればいいんだろう？　生はんかなことでは、とてもこの、『阪神の優勝』っていう奇蹟、あまりにも意外な展開についてゆけそうにない気がする。が、かといって、じゃあ、奇蹟的な喜び方、あまりにも意外な展開をとげる喜び方なんて訳の判らないものは、それこそどうしていいのか判らない。

ファンになって二年の陽子さんがこうなのだから、子供時代から十何年阪神ファンであった夫が最近、あまりにも落ち着かなくなったり、夜、あんな妙な状態になるのも無理はないのかも知れない。

マジック1。今度勝てば、悲願の優勝。

阪神の優勝っていう、本来ならとっても嬉しい、いや、今だって一応嬉しい、しかしどうしていいのか判らない事態を目前にして、陽子さんは、何か、あまりにも不吉な予感がして、しょうがなかった。

☆

ここで勝てば、優勝決定の日。

夫と二人でＴＶの前にすわりながら、いつの間にか陽子さん、夫の手をしっかりとにぎりしめていた。そして、思わず口ばしる。

「あなた……今日阪神が勝っても、放火なんかしないでね」

「どうしてそんなことしなきゃいけないんだ。巨人が負けていらいらして放火してまわった男とは、立場が逆だろ」

そう返事をしながらも、夫は何だか妙にぎくっとしたような――心中を見すかされて驚いたような表情になる。

「うん、そうなんだけど……嬉しさのあまり放火するっていうのは、理屈として今ひとつ成り立ってないなって気はするんだけど……でも……あなた、あたし、怖い」

「……ああ」

夫もしっかりと陽子さんの手を握りかえしてくれる。そして。

「何でだかは判らないんだけれど……俺も怖いよ」

その瞬間。TVからすさまじい歓声がひびきわたった。

阪神が、優勝した。

☆

その瞬間。日本全国の殺人、自殺、事故、その他もろもろの犯罪は、史上初の一大記録を樹立した。それはこの先、日本人が正気を保っておれば、まあ大抵のことではやぶりようがない程の、一大記録であった。

☆

次に陽子さんが気がついたのは。

昭和六十一年の四月だった。プロ野球開幕の日。

まったく訳が判らなかった。昭和六十年の十月から、ふと気がついたら六十一年の四月になっていたのだ。その間の記憶は、まったく、ない。その日も陽子さんたち夫婦は、そろってＴＶの前にすわっていて、開幕戦で阪神が負けた瞬間、二人そろって正気にかえったのだ。

が、どうやら、五カ月あまりもずっとそうやってＴＶの前にすわっていた訳では、ないらしかった。部屋には別に五カ月分のほこりもたまってはいなかったし、生ゴミも毎日だしていたようだったし、十月分、十一月分、十二月分、一月分、二月分、三月分の給料明細が家計簿にははってあったし、夫の財形貯蓄も順調にふえていた。

茫然とした陽子さん、茫然と実家に電話をかけた。ことがことだけに、うかつに他人には聞けないし……。が、プロ野球にまったく興味のない実家からは、まるっきりきょとんとした反応しかかえってこなかった。陽子さん夫婦は、記憶における空白の五カ月間、まったく普通に生活を営んでいたらしいのである。

それから茫然と陽子さん、夫の家へ電話した。義理の両親が両方共阪神ファンの夫の家からは、もの凄く激烈な反応がかえってきた。

「うちでもちょうどあなた達の処へ電話しようと思っていたの。いつの間に、来年になっちゃったの?」

どうやらむこうも、ここ五カ月の記憶がとんでしまっているらしかった。

☆

のち、心理学者は、この現象を『阪神シンドローム』と命名した。ＴＶや雑誌では、困惑した顔つきの心理学者達が、汗だくになって、この日本全国を襲った怪現象の説明をしていた。

つまり、おおざっぱに言えば、こういうことらしいのである。

人間は、あまりにも信じられないこと、論理的に考えてそういうことはありえないと思われる怪現象にでくわすと、その現象をうけいれるかわりに、正気の方を逃がしてしまうのである。たとえば、幽霊を見て気を失うとか、あまりにも恐ろしい体験をしたが故に発狂する、とか。今回の場合、日本全国がそういう現象にでくわしてしまった。すなわち、阪神の優勝である。

錯乱した普通の阪神ファンは（他の球団のファンは、意外と平気だった。阪神ファン以外の連中は、論理的に考えれば阪神が優勝することもあり得ると思っていたらしい。また、あまりにも熱狂的な阪神ファンも、この症状にはかからなかった。熱狂的であるが故に、素直に阪神の優勝を信じられたようだ）、現実から心を逃避させ、『これは現実ではない、何故ならば阪神が優勝したからだ』と思い込んでしまったのである。

その結果が、まず、自殺、事故、殺人エトセトラの大勃発。

自殺した人々は、例外なく、『正気にもどらなくては』といって手首を切ったり、『これは夢だから僕は飛べる筈だ』とさけんでビルからとびおりたりした（故に、この現象は、正確には自殺と呼べるかどうか、疑問ではある）。

事故は、主に、車を運転中で、カーラジオを聞いていたドライバーがおこした。あまりのことにハンドルを切りそこなった、などというのは、まだ『阪神シンドローム』にかかっていない人々で、『阪神シンドローム』にかかった人々は、これは夢だ、現実ではないと信じた為、事故をおこす可能性をまったく考慮しない運転をしたのである。

殺人等犯罪は、これは現実ではない、ということを立脚点として、これが現実ではないのなら、日頃恨んでいるあいつを殺してやろう、現実でないなら、あの男の家に火をつけてもとがめられるまい、現実でないなら、前々からしたっていたあの女《ひと》と……という風に発展したらしい。

そして、『阪神シンドローム』、第二段階。

これは、阪神が優勝した日を無事にのりこえた人々が、かかった。すなわち、阪神の優勝という、あまりのことにおそれをなして、一斉に野球に関してだけ、記憶喪失になってしまったのである。これは、開幕戦で阪神が負けるまで続いた。

で、開幕戦で阪神が負けて。記憶喪失になっていた人々は、一斉に記憶を取り戻した。事態がようやく現実として認識できるレベルになったからである。と同時に、今度は記憶喪失中の記憶をなくしてしまって。

陽子さん夫婦は、どうやら『阪神シンドローム』の第二段階だったらしいのである。

☆

『阪神シンドローム』は、国会等でも問題になった。たかが一球団の優勝で、国民がこんなに影響をうけるというのは、あきらかに問題であったからだ。

が。とはいって。法律で阪神の優勝を規制する訳にもゆかず、阪神はなるべく優勝しないようにという意見書を作る訳にもゆかず、関係者を苦慮させた。

もっとも、この問題は、一人の賢い関係者によって、いともたやすく解決されたのである。すなわち——阪神はなるべく優勝するようにという条例を作ったって、まあ、あと二十年はその条例は守られないでしょう、だとしたら、何を心配する必要があるんです？

☆

『阪神シンドローム』の影響をまぬがれて、数日たって。陽子さん達は、やっと、阪神の優勝を祝う会を夫婦二人でひらいていた。日本酒を、ちょっとぬるめのお燗《かん》して、夫婦二人でさしつさされつ、水いらず。

ＴＶでは、ちょうど阪神中日戦をやっている。

「いやあ、去年は阪神が優勝して、ほんとにめでたい」

「よかったわねー、はい、乾杯」

「こうやっていると、ようやく現実感がわいてくるなー。ほんとに阪神は優勝したんだね。あー、しみじみ、嬉しい」

「二十一年ぶりですものね」

ゆっくりゆっくり杯をほして。いい加減に二人そろって酔いがまわる頃、ちょうど野球の試合もおわった。阪神の、ベタ負け。

瞬時、夫は怒りだそうとして――それから、顔をしかめつつも、苦笑した。

「あと二十一年勝てなくたって、俺は、許す」

「この方がらしくっていいわよー。妙なことになる危険性もないし」

そして、二人はにこやかに笑いあい、去年、阪神が勝った試合ごとにやっていた、喜びの握手をゆっくりかわした。

「阪神が、勝ってしまった」
初出「ＳＦマガジン」一九八五年十二月増刊号（早川書房）
底本『影絵の街にて』（二〇二一年、日下三蔵編、竹書房文庫）

新井素子

東京都練馬区生まれ。一九七七年に『あたしの中の……』で第一回奇想天外ＳＦ新人賞佳作。一九八一年に「グリーン・レクイエム」で、一九八二年に「ネプチューン」で二年連続となる星雲賞日本短編部門を受賞。一九九九年に『チグリスとユーフラテス』で第二〇回日本ＳＦ大賞を受賞した。長編単著や短編集、エッセイ集多数。二〇二一年には短編集『影絵の街にて』（日下三蔵編、竹書房文庫）が刊行された。編書に『ショートショートドロップス』（角川文庫）がある。

高山羽根子
Haneko Takayama

エッセイ

永遠の球技

世の中の球技というのは、大まかにふたつの種類に分けられる。時間が強く試合に干渉してくるものか、そうでないものか。

それについてはどこかで、労働者発祥のスポーツか貴族のスポーツかで分けられていると聞いたことがある。労働者や学生から発祥した競技には余暇の時間制限があり、貴族のスポーツにはそれがないと。だれに聞いたんだか、どこかの本で読んだか映画かなにかで見たのだかは覚えていないし、その真偽についてもわからない。

ちなみに野球というのは、どちらかというと時間が強く試合に干渉〝しないほう〟の球技といえる。原理上、永遠に終わらないということも可能なスポーツだ。

これがなぜ、現在の日本でこんなにも定着しているのか、実際のところあまりよくわからない。テレビ中継をするにしろスタジアムを運営するにしろ時間が読めない競技は不都合が多いし、四月から十月までのあいだ、日本には雨の多く降る時期がいくつもある。それでも、日本の興行スポーツというのはどういうわけか長く野球を中心に回ってきた。

いま日本がこんなにも野球が好きなことにはどこか納得いかない気持ちがあるけれど、最初期に野球をこんなにも流し込まれ浸透したいきさつについては、なんとなく予想がついている。ただアジアにしろ中米にしろ、野球の浸透のしかたはそれだけで何冊も本が出ているほどだから、ここでは省こうと思う。

ヨーロッパに比べて（白人たちの）歴史の浅いアメリカという国で、映画（ハリウッド）と野球（ベースボール）はふたつの大きな神話なんだというのは、長く言われ続けてきた。

映画『フィールド・オブ・ドリームス』では、主人公のキンセラ（ケヴィン・コスナー）が“If you build it, he will come.”「それを造れば、彼がやって来る」という天啓を受けて、父親から引き継いだトウモロコシ畑をつぶして野球場を作る。するとそこにシューレス・ジョーと呼ばれた、もう今はこの世にいない伝説の野球選手がチームと共にやってきて試合を始める。アメリカのすばらしい家族の形を、奇譚めいた物語から立ち上げる作品だった。

この撮影のために造られた球場はそのまま保存されて観光地となっていたのだけど、

二〇二一年八月一二日、ロケ地周辺のトウモロコシ畑のフィールドで実際にMLBの試合が行われることになった。選手たちは映画の通りにトウモロコシ畑から登場し、その始球式の投手を務め、またテレビのゲスト解説者としても登場したケヴィン・コスナーは、“Is this Heaven? No, it's Iowa.”「ここは天国か？　いいや、アイオワだ」という、印象的なシーンを再現してみせた。

グーグルマップの航空写真を見てみても、アメリカには本当にたくさんの野球場がある。例えばビルが林立して建物で埋め尽くされているように思えるニューヨークにすら、どれだけの野球場があるか。セントラルパークから東側にあるランドールズ島周辺まで含めると、数えるのがいやになってくるほど、あの奇妙な形の広場がある。野球を知らない宇宙からの知性体が見おろしたら、これをなんだと思うのだろう。

宇宙人と野球というと、M・ナイト・シャマランの『サイン』を思い出す。この映画は、トウモロコシ畑に突如発生したミステリーサークルに、宇宙からの知的生命体めいたなにかがやってくるというストーリー。まるで盗塁を狙ってリードをとるように動く宇宙人、「彼」はこの映画のクライマックスで主人公一家を追い詰める。その主人公の妻は亡くなる直前、“See”「よく見て」、“Swing away”「フルスイングして」という言葉を残していた。

これはシャマランによる、新しい『フィールド・オブ・ドリームス』なのかもしれない。信仰というものの実体、そうして「野球とアメリカ」という神話にまつわる奇譚だった。アメリカの持つ家族像、父と息子、そして亡くなった妻の言葉、娘の癖がひとつの「結果」に帰結していく。

そうしてまた「彼」が水に弱いという設定は、野球のウィークポイントとも重なる。「なぜ水に弱い彼らが地球などという水の惑星に来たのだろうか」ということと、「なぜ雨の良く降る日本という場所で、私たちはこんなにも野球を愛しているのか」という疑問は、どこか似通っている。

神話というものは、起こりそうもない奇跡があたりまえのように起こるからこそ神話なのだし、奇跡は起こりえないことだからこそ奇跡と呼ばれている。

田中慎弥の『神様のいない日本シリーズ』という小説では、野球の上手さゆえにいじめられ部屋に閉じこもる息子に向かって、父である主人公が「起きなかったひとつの奇跡」について語りかけている。少年時代、野球賭博によって蒸発した父を待ち続けた主人公は、学校の文化祭で『ゴドーを待ちながら』の舞台に上がることになる。主人公は『走れメロス』をやりたいと提案したが、結局それはかなわなかった。

『走れメロス』は奇跡を起こす物語で、『ゴドーを待ちながら』は起こらない奇跡を待ち続ける人々の物語だ。そうして後者はまた、野球を見る人々のふるまいそのものでもある。アメリカの神話の片方であるハリウッドが『走れメロス』であるなら、もうひとつの神話のベースボールは『ゴドーを待ちながら』なのだろう。

そこには定められた「時間」はなく、ただ奇跡がやってくるまでの「永遠」があるだけだ。そうして私たちは今日もスタジアムで奇跡を待っている。

高山羽根子

一九七五年生まれ。ＳＦ作家。二〇〇九年に「うどん キツネつきの」で第一回創元ＳＦ短編賞佳作。二〇一四年に短編集『うどん キツネつきの』（創元ＳＦ文庫）を刊行。二〇一六年に「太陽の側の島」で第二回林芙美子文学賞、二〇二〇年に『首里の馬』（新潮社）で第一六三回芥川龍之介賞を受賞した。ＮＰＢは箱推し。ＫＢＯもＣＰＢＬもたしなみます。都市対抗もいいぞ。

鯨井久志

Hisashi Kujirai

7

終末少女と八岐の球場

この世のことに意味なんてあるのだろうか、と思っていたときがある。目に映る景色も、周りで騒ぎ立てるクラスメイトも、そして自分自身でさえも、広い広い宇宙のスケールで考えれば実にちっぽけな存在で、そんな中で生きていくことに、何の意味も見出だせなかったときが。

しかし、いつ頃からだろうか、そんな途方もない空想を浮かべている暇もなく、日々の雑事に忙殺されるようになり、いつしか自分自身でさえも、無意味の中に組み込まれたのっぺらぼうの歯車に成り果てていた。そして、それを気に留めることすらない、〝充実〟というガワだけを被った日々の空転が続いていく。今までも、そしてこれからも——そんな風に、ユイは考えていた。

そう、あの日までは。

牽制最後の夏は、暑く長い夏だった。

ユカリの父親が消えた、というニュースが日本全国に知れ渡ったのは、そんな暑い夏の日のことだった。記録省の役人が大汗を垂らしながらユイとユカリにその知らせを告げたとき、二人は揃って球場の座席に腰かけ、試合の行方を見つめていた。

二人の視線の先には、〇《ゼロ》がいくつも刻まれた巨大なスコアボードや鈍い銀色のナイター用照明、そしてグラウンドと観客席とを隔てる背の高い金属のフェンスがそびえていた。それらは、ここが野球場であることを、そしてこの場所がかつて高校野球の聖地と呼ばれた旧《ふる》い球場の成れの果てであることを、何よりも雄弁に示していた。

プラスチック製の座席が太陽の光でぬくもって、ほどよい熱を帯びている。ユイは隣に座るユカリの手元を覗きこんで、感嘆の声を上げた。

「相変わらずマメだなあ……」

「仕事だからね」

ユカリはいったん手を止めて、ユイに向かってほほえみを浮かべてみせる。そのユカリの手元には、一冊の黒い手帳が広げられていた。幾種類かの記号や数字が記されたその手帳に、ユカリはまた何かを書き込み、そして再びフェンスの向こう側で繰り広げられる試合の流れを見つめた。

しばらくして、

「あっ、今の打球……」

カキン、と小気味良い打球音が、広い球場に響いた。

前のプレーの記録を付けるのに没頭していて打球の行方を見失っていたユカリを、

「ライトだよ」

さりげなくユイがフォローした。

ユカリが見習い〈記録者〉として試合のスコアを付けはじめてから、数ヶ月が経とうとしていた。一人でできるよ、とはじめは言って聞かなかったユカリだが、ユイにしてみればユカリにはどうにも少し抜けたところがあって、そんなユカリを昔から知るユイは、彼女を放っておけなかった。

そういう訳で、ユイはこの夏、彼女の修行をときに手伝い、ときに励ましながら、球場の座席から試合を眺めていた。何となくそうしなければならない気がしてくるのが、ユイには不思議だった。代々続く〈記録者〉の地位を継がねばならないという責任感と、その地位にはまだ釣り合わない彼女の未熟な技量とが織りなす不安定さ。それがもたらす何かが、自分を駆り立てていたのかもしれない、とあとになってみて、ユイは考えたりもした。

しかし、そんなこととは無関係に、ユイはユカリと過ごす時間が好きだった。マイペースなユカリとそれを引っ張るしっかり者の自分、という関係性は、あの日教室で出会った頃から、ずっと変わらないものだった。

だから、いくら酷暑だ真夏日だといわれようが、夏休みのあいだじゅうユカリの修行に付き合って球場に出向くことに、ユイは何の苦痛も感じていなかった。むしろ、毎朝ユカリと球場で会えることを、楽しみにしている節すらあった。

ユイがそんなことを考えながら、試合のこともしばし忘れて、ユカリの横顔を眺めていたちょうどそのとき、背後から響くすさまじい足音が、二人の間の均衡を破りさった。

ユイが後ろを振り返ると、狭い階段のまんなかで、背広姿の男がぜえぜえと喘ぎ、大汗を垂らしながら、二人の後ろで息を切らしていた。尋常ならざる気配があたりに立ち込めるのが分かった。

「お父上がこんなものを」

息つく間もなく、男は胸元から一通の手紙を取り出した。怪訝な顔でユカリはそれを受け取り、文面に目を通す。

その手紙には、短く、こう記されていた。

『――全ての茶番を破壊する。第百二十五代記録者の名において、全国の試合の停止と記録の抹消を宣言する。――タカマ』

読み終えたとき、ユイには何のことだかわからなかった。茶番。記録者。試合。そうした硬い語感の単語だけが目についた。

しかし、最後の「タカマ」という記名と、横に座るユカリの青ざめた顔とが重なり合ったとき、ユイはその名を思い出していた。

タカマ。

ユカリの父で、現在在位中の〈記録者〉。

試合の記録を司る記録省を束ねるトップ。

だが、それを思い出したところで、手紙の文面に関してはまるで意味が分からなかった。試合の記録を務める部署のトップが、自ら試合の停止と記録の抹消を命じるというのは、職務として明らかに矛盾しているのではないか？

ユイが疑問符で頭を満杯にしている一方で、

「……なるほど」

ユカリはゆっくりと手紙から目を上げて、全てを理解したかのように、短くつぶやいた。

「いつかこんな日が来るかもしれないとは、思っていました」

——どういうことですか、と記録省の役人が尋ねようとしたちょうどその瞬間、球場内がけたたましい歓声に包まれた。周囲を見渡すと、閑散とした客席に散らばっていた観衆が一斉にメガホンを打ち鳴らし、大声を上げていた。

ユイは試合に視線を向けた。フェンスの向こう、グラウンド内では、バッターが地面にバットを置き、一塁へと小走りで向かう姿が見えた。

外野のまんなかに置かれた大きなスコアボードには、1アウト二・三塁の場面で、投手が四球《フォアボール》を与えたことが示されている。

つまり、満塁。攻撃側の圧倒的有利な局面。

それに対して守備側は、外野の守りを浅くして本塁での封殺を狙う。しかしこの策は、本塁死の確率を上げると同時に、外野のヒットゾーンの面積を増やしてしまう諸刃の刃となる策。

要するに、どう転んでも、攻撃側に分のある局面だった。

――しかし、その数秒後、球場は大きなため息に包まれた。

おあつらえ向きの併殺打。内野守備陣が4-6-3の見事な連携を見せ、マウンド上の投手はほっと安堵のため息をつく。攻撃側はまんまと好機を潰してしまったことになる。

こうした一連のプレーを見て、ユイがひっそりとつぶやいた。

「分かりきってるのにな。……何が楽しいんだか」

目の前で展開されているものへの呪詛を絞り出すかのような、低い声だった。

その一方で、ユカリは、

「儀式だからねえ」

と間延びした声で告げ、スコアブックにゴロアウトを示す記号と〇《ゼロ》とを記入する。

手のひらで太陽を透かしながら、ユイは空を見上げた。陽光が降り注いでいる。雲ひとつない、絶好の野球日和だ。金属のフェンスが光を照りかえし、きらきらと輝いている。

そしてそのまま、ユイは隣に座るユカリの手元に置かれたあの黒い手帳を見た。

目立つのは〇の多さだ。黒いスコアブックは「〇《ゼロ》」という数字で覆い尽くされている。

そして今の記録にも、今現在より前の記録にも、〇《ゼロ》以外の得点が記入された形跡は、一度もなかった。

それもそのはずだ。得点圏にランナーが進んだと見れば、投手は毎度ストライクゾーンぎりぎりの素晴らしいボールを投げ込み、見逃しの三振を奪う。無死満塁で四番打者を迎える絶体絶命の危機でも、起こるのは内角の球をうまく引っ掛けさせた、5－4－3の華麗なトリプルプレー。

結局、本塁まで辿り着き、スコアボードに「1」を刻むランナーは一人もいない。

ましてや、柵越えのホームランなど、絶対にありえない。

これがこの試合で繰り広げられているものだった。

ずっと〇。何があっても〇。

滞りなく試合は続く。永遠に〇対〇の接戦を演じながら、試合は続く。

スコアブックの左上には現在のイニング数を記入する空欄があるが、その欄はスコアブックのどのページでも大幅に超過されている。現に、ユカリが今開いているページに記された数字は、ゆうに十桁を超えていた。

——つまり、表裏を入れ替えながら、十億回以上の攻防がこの球場で行われているということ。

そして今現在も、その試合が進行しているということ。

しかも、たった一試合で。

そして、その試合はまだ終わっていない。

いったいいつからこの試合は続いているのだろうか。当然の疑問だ。

そして、誰と誰が戦っているのだろうか。これもまた、当然の疑問だ。

しかし、その疑問に答えられる人間は、誰一人いない。

これが、この球場で行われている茶番だった。数百年前から、そのスコアボードに○以外の数字が刻まれたことは一度たりとてない。擦り切れた意味を無意味なルーティーンだけが支える空しい過去の真似ごとが、このグラウンドで行われている全てだった。

いつ頃からはじまったのか、誰と誰が戦っているのか。そんなことすら忘れ去られたまま、ただ「昔から続いているから」「儀式みたいなものだから」という同調圧力だけがその存在を支えている、壮大な茶番。

しばらく三人は黙り込んでいた。その気まずさに耐えかねたように、役人がユカリに向かって声を掛けた。

「お嬢様はどうされるのですか」

役人がお嬢様と呼ぶのは、彼がユカリの部下だからだ。ユカリは記録省を束ねる第百二十五代〈記録者〉タカマの娘であり、ゆくゆくは第百二十六代目の〈記録者〉になることが保証された人間だ。当然、役人にとっては、改まった口調で話しかけなければならない人物に当たる。

「お父上は本気なのでしょうか。もしそうだとしたら、一家の存亡、ひいては国家全体の存亡にも発展しかねません。そもそも試合の起源とは、一説には国家の豊穣の祈願と――」

「どうしようもないでしょう」

ユカリが役人の話を遮った。

その諦めたような口調は、ユカリが背負う後継者としての責務の重さを、今さらのように思い出させた。普段日常を過ごすなかでは露わにならない彼女の違う側面に戸惑いを隠せず、ユイは彼女の横顔をひときわ強く見つめなおした。

「どうしようもない、とは」

役人がオウム返しに聞き返す。

「お父様は昔からそうでした。記録者という自分の使命も忘れ、ただただその無意味を糾弾する。世は全て無意味な空転と公言して憚らず、大切な家族さえも茶番であるとして顧みない。子どもじみた、無責任な人間です」

それでもなお、役人は食い下がる。

「しかし、あなた様には、後継者としてのお立場がございましょう」

「だからなんなのですか」

声を荒げ、ユカリは立ち上がった。

ユイは、ユカリがこれほどまでに怒りを表に出す場面を見たことがなかった。ユイの目の前に立ったユカリは、その小さな手を握りしめ、人よりも白いその品の良い頬を血の透けた真紅の色に染めていた。

「茶番なのは確かではないですか。こんな試合に意味があると、あなたは本当に思っているのですか」

試合の記録のために存在する記録者による、試合の無意味さの宣言。もしどこぞの新聞記者が嗅ぎつければ、きっと格好のネタにされていただろう。醜聞を気にしてか、役人は周囲を気にするようにあたりを見渡した。

「それに、家族こそ茶番です――そう、特に親子なんて」

小声でそう付け加えると、ユカリは再び座席に座り込み、顔を手で覆った。間を置かずに、湿ったすすり泣きの声が聞こえ、ユイは黙ってユカリの肩に手を回した。

「しかし、お嬢様――」

「分かりました」

なおも食い下がる役人へ、うつむいていたユカリが静かに顔を上げ、か細い声で答えた。

ユイには分かった――自分を押し殺した、妥協の言葉だと。

「では、こちらへ」

人ひとり通るのがやっとなほどの狭い通路へと導くべく、役人がユカリの手を取った。か細い手が一瞬の逡巡を見せる。だが、ユカリは不安そうな瞳をひた隠しにするようにして、うつむいたまま踵を返した。

一方でユイは、突然眼前で勃発した感情のありさまに呆然とし、しばらく何もできないでいた。しかし、我を取り戻し、小さくなっていく見慣れたユカリの背中を眺めるにつれて、思考が急速に回りはじめるのを感じた。

そして思った——このままでいいのだろうか、と。

あの無限に続く試合には、確かに何の意味もない。ただただ無意味な茶番だ。そして、かつての自分は、家族も世の中も全て意味がないと思っていた。世の中の全ては——他愛のない冗談も、挨拶も、自分の人生でさえも——結局は死ぬのだから、無になるのだから、究極的には意味なんてない、そう思っていた。今はもう、空転する日常に疲弊し、それすらも感じなくなってしまっている。だが、かつての自分は、確かにそう考えていた。

父と娘の間に何があったのか、記録者という立場を巡ってどんな重圧が彼女の双肩にのしかかっているのか、想像するのは難しい。思えば、長い付き合いがあるとはいえ、彼女の口から次代〈記録者〉ゆえの精神的重責や、屈折した父への思いが語られたことは一度もなかった。はじめて出会ったあの日——次代〈記録者〉への畏怖と好奇が入り混じった視線を浴びせられ、腫れ物扱いされるかのように教室の輪から外れていたユカリと、たまたま席が前後だったことから話しかけたユイとの、記念すべき出会いの日――から今日に至るまで、ユカリは何ひとつユイに打ち明けることはなかった。

何を思っていたのか。

辛かったのか。

生まれながらにして定められた自らの立場を、恨んでいたのか。

しかし、そんなことはどうでもよかった。今はただ、いちばん近くにいたと思っていたのに、ほとんど何もかも分かり合えていると思っていたのに、それが自らの思い違いに過ぎなかったと思えてしまうことが、ただただ悲しいだけだった。

役人の言動や手紙の文面から察するに、タカマの行動は反乱やテロの類であろう。その推測が正しいならば、タカマの行為が成功しようが失敗しようが、記録者や記録省の置かれた立場は大きく揺らぎかねない――当然、ユカリも無関係ではいられない。

(本当の親友なら、何をすべきなんだろうか)

考える。考える。考える。この瞬間にも小さくなりゆくあの背中を見つめながら。

そして思った――どうせ無になるのだとしても、やらなきゃいけないことがあるんじゃないか、と。

意味はないかもしれないけれど、せずにはいられないことが、世の中にはあるんじゃないか、と。

そう信じて、ユイは行動に出た。

「なあ、ユカリ」

遠ざかるユカリの背中に向けて言葉を紡ぐ。しかし、その背中は依然振り返らない。

大丈夫、いつもユカリのことは、すぐそばで見ていたのだから。そう思って、大胆に、しかし慎重に狙いを定めて、ある問いを口にする。

「本当に家族も茶番だと思うか。無意味なものだと」

ユカリの反応を待った。だがやはり、何の反応も示さない。

「じゃあ、別の質問。家族が茶番なら、血のつながりもなにもない、私たちはどうなるんだ。友だち、幼なじみ、親友、どんな名前でもいいけど、そんなものも全て無意味だと、そう言い切ってしまっていいんだな?」

ユカリが足を止め、はじめてこちらに顔を向けた。

「そうだろ」

ユイは、ゆっくりと頷いた。

いったい何がしたいのかとでも言いたげな顔で、役人がこちらを眺めている。構うことなく、次の問いをぶつける。

「それに、試合が茶番だとしたら、それを記録する記録者なんてもうどうしようもなく無意味じゃないか。考えてみろ、茶番の茶番なんて何の意味があるんだ？　じゃあ、見習いがはじまったころ、毎朝目を輝かせて球場に出かけてたあの頃のお前はどうなるんだ？　とんだピエロじゃないか」

誘導尋問だ、と心の中で思う。誘導尋問も、相手の答えが分かった上であえてそれを引き出すための問いだと考えるなら、ある意味で茶番なのかもしれない。そして、昔の自分が聞いていたら鼻で笑いかねない歯の浮くような言葉を連ねる自分が、滑稽に思えた。冷笑する自分の顔が、一瞬、視界によぎった。

でも。

茶番でも何でも、使えるものは使ってやる。

そうユイは心を決める。

「……そうだね」

少し間を置いたあと、ユカリはゆっくりと顔を上げた。

「ありがとう、ユイちゃん」

そして、涙を拭いながら、ユカリは役人の方へ歩み寄る。

「ユイちゃんと二人で行きます。車を用意して下さい」

ユカリはユイに向けてほほえんだ。言葉の真意を計りかね、焦り出す役人を尻目に、ユイはその言葉を噛み締めていた。そして、もう言葉はいらないとさえ思った。

だが、ユイはあえてその笑顔に応えて言った。

「二人ならきっとできるよ。大丈夫」

何の根拠もない言葉だった。自分でもなぜそんな不確かで意味のないことが言えたのか、口を開いた後になって不思議に思った。だが、ユイは言わずにはいられなかった。

球場で再び歓声が上がった。

暑い夏が、まだまだ続いていた。

〈牽制死だった、と記載されている〉

『硬球史 二六九九－二八〇〇』は、この序文からはじまる。この本は、全国各地域で展開されている試合の史学的な研究を、現〈記録者〉であり、ユカリの父親であるタカマがまとめた書物だ。

いつからはじまったのか、そして誰と誰が戦っているのか。そんな根本的な事実すら忘れ去られてしまった壮大な儀式の歴史を解き明かし、一筋の解釈を与えた画期的な一冊。〈記録者〉の系譜を継ぐタカマの名を一躍世に知らしめ、「初代記録者の再来」との世評を定着させたエポックメイキングな労作。

そして、ユイとユカリにとっては、行方をくらましたタカマの元に迫る唯一の手がかりでもあった。

「〈野球殿堂〉に入るには、入場券がいるんだよね」

ユカリがケッテンクラートの後部座席に背をもたれさせながら言った。

「入場券？」

ハンドルを握ったまま、ユイは聞き返した。

「そう。もう誰もそんなこと気にしてないけど、いちおうここだって球場内なわけじゃない？」

「そうだっけ」

「ちょっと待ってて」

ユカリは後部座席の荷台に積んであった『硬球史』を取り出した。ページをめくり、該当する箇所を見つけては、その部分を朗読しはじめた。

――加熱する試合は、野球のみならずスポンサー企業間での物理的な争いと局面を変え、その結果、試合は一種の陣取り合戦の様相を呈しはじめた。

企業側では、球団を所有する球団との合併や吸収を繰り返し、経済的なリソースの差で相手をねじ伏せようと試みた。その一環として行われ、後年にまで禍根を残すことになったのが、特定チームへの有利なテコ入れを行う目的での球場の改装（イニング毎に球場の広さが変化するカラクリや、空調を変化させることで飛距離を伸ばす仕掛け、突如グラウンドに落とし穴や池が出現するギミックなど。顕著な例では、試合中に買収が完了し、フェアゾーンに飛んだ球がファールだと認定されたという記録もある。プレー中の事故が相次いだため、現在では改正野球規則において厳しく制限されている）である。

この言わば〈球場改造合戦〉が、結果として球場所有権の強引な買収を招き、本丸である球場を切り崩すことを目論んだ周辺の敷地の強引な地上げや強制立ち退きを多発させる事態へと発展した。

自殺者や市民デモが勃発し、非合法組織との黒い噂までもが囁かれるなか、依然として試合の加熱は収束を見せず、球場の敷地は拡大の一途を辿った。そして最終的に、現在にまで至る〝日本列島に含まれる全ての土地は、法的には球場内敷地という扱いを受けている〟という奇妙奇天烈な状態が訪れることとなる――

「なるほど」

ユイがハンドルを握ったまま頷いた。

「厳密には日本列島全て、じゃないけどね。山麓地帯や人の踏み入れない秘境みたいなところは、いまだに手つかずのまま放置されてるし」

「半分インフラみたいなもんだからな、球場」

ユイは、『硬球史』の中の記述を思い出す。

曰く、

〈十五歳以上の球場内に住む人間は、総じてどちらかのチームに選手として登録されている。毎月口座に振り込まれる国からのＢ　Ｉ《ベーシック・インカム》は、全国民がチームに所属する選手であり、選手の最低年俸として一定の収入が保障されることを根拠としている〉

〈出場する選手は登録選手の中から無作為に選出され、格段の理由なしに拒否することはできない。選出された場合は、速やかに球場へ出向き、試合の出場に備えなければならない。

ただし、旧来の十二回までという制限が撤廃され、無限の延長が認められている現代の試合においては、改正野球規則により、試合中の選手交代は一度ベンチに下がったあとでも可能となっている。生涯に複数回出場する機会のある人物が存在するのはこのためであり、「試合に愛された男」の異名を取ったゼンヨウジ氏（二三四三～二四三四）のように、通算百十九回の出場を誇る猛者の存在も記録されている〉

〈選手が無作為に選出される都合上、チームごとの能力差の偏りを防ぐために、現在では五年に一回（三〇歳以下では二年に一回）、野球能力を測定する試験が記録省主導のもとで実施されている。試験の結果によって各選手はA～Gの七ランクに振り分けられ、選出の際にはチーム全体で均衡が取れるよう、そのランク付けが考慮されている〉云々。

『硬球史』によると、現在では地域ごとにコアとなる球場を中心にして一つの州が形成されており、その複合体として今の国は成立しているらしい。

普段何気なく生活しているなかでは、国家レベルの話など、実感する機会に乏しい。幼き日にはじめて『硬球史』に出会ったとき、全ての記述が新鮮に映ったことを、ユイは思い返していた。

「別の地域に入るときは、法的には別の球場内に入場することになる。だから入場券が必要ってことか」

「ご明答」

そう言って、ユカリはユイの頬を両手で挟みこんだ。

「危ないだろ」

ユイはハンドルを握り直しながら、へへへ、と笑うユカリの元気そうな声を聞いて、ざらついた心が安らぐのを感じた。

「それにしてもこの車遅いよね。オオタニとかダルビッシュみたいに、時速一六〇キロくらい出せないの？」

「誰だよそれ」

「昔の野球選手。記録にしか残ってないから、本当に実在したのかも分かんないけどね」

「ふうん」

「記録ではカネダっていう人が一番球が速かったんだって。なんと時速二五〇キロ」

「怪しいもんだな。そもそもそんなスピードで投げて、体は大丈夫なのか？」

そういって、ユイは学校の授業で習った「欠史八代」という言葉を思い出しながら、ハンドルを握った腕を伸び縮みさせて、靭帯の感覚を確かめていた。

大きな球状のガスタンクが立ちならぶ中に、大阪の街はあった。

薄緑色のタンクに取り巻かれるようにして、巨大な鉄くずの残骸が見える。昔のドーム球場の廃墟だというが、実際のところは分からない。ただ、それを中心にして、様々な売店や猥雑な住居などが、うらぼけた姿で立ちならんでいるのが、今でも窺《うかが》えた。

売店の店番に券売機の所在を尋ね、二人で向かう。告げられた道順を辿り、数度右折と左折を繰り返すと、目の前に古ぼけた自動販売機が現れた。

「東京、東京と」

略奪を逃れ、奇跡的にまだ生きていたタッチパネルをスクロールしながら、目的の券種を探す。北海道、東北、関東、中部、中国、九州と、様々な地域の表示が明滅しては消えていくなかで、「関東」の表示がまたたいた。

「はい、これお金」

ユカリが財布から数枚のコインを取り出し、ユイに手渡した。

それにしても、とユカリが口を開く。

「みんなふつうに使ってるけど、本当はコイン自体に大した価値ってないよね。原材料ってせいぜい銅とか鉛とかでしょ？」

「まあな」

ユイは渡されたコインを全て自販機に投入した。確かに、その手に重さはほとんど感じられなかった。

「でも、物々交換の時代じゃないんだから。そんな価値のある金属製のコインなんて真面目に作ってたら、重くて持ち歩けないだろ」

「まあね。でも結局、みんなが同じルールにのっかってるから成立してるだけだよね。このコインにはこれだけの価値がありますよー、っていうルールに」

「これも茶番だって言いたいのか？」

放出されたチケットを受け取り、釣り銭を回収しながらユイが答えた。

「茶番の試合のチケットを買うために茶番のコインを払うの、何か変な感じじゃない」

「仕方ないだろ」宥めるような口調になっている自分にユイは気が付いた。

「そ、そういう、もんなんだから」

「そっか、そうだよね」

ちょっときまりが悪そうな表情を浮かべて、ユカリは財布を鞄にしまった。

「でも、やっぱりみんな変だなと思いながら暮らしてる。昔からそうだから、みんなやってるから、っていう理由があるからやめられないだけで、何かのきっかけさえあれば、みんな気が変わっちゃうかもしれないよね」

「さっきのこと、気にしてるのか」

自販機の所在を店で尋ねたとき、その店番の風采の上がらない老人が口にした言葉。

──試合、終わるって聞いたけど、本当かね──という、その言葉。

タカマの出奔の知らせはすでに全国に広まっている。実際、ケッテンクラートで走破してきた道の端で、〈記録者叛乱か〉の文字が踊る新聞が舞うのを、ユイは何度も目にしていた。

だが、その割には、町は落ち着いていた。

怒号も嬌声も吐息も、何ひとつ聞こえることはなかった。混乱の類もまるでなく、いつもと変わらない旧場下街《じょうかまち》の日常で溢れていた。

確かに、日常で試合のことを意識する機会は、ほとんどないと言っていい。ごくたまに、選手として試合に出るという理由で、親や教師が平日に仕事を休むことはあった。十五歳になって渡された自分の通帳に、ごくわずかな額だが、ある一定の金額が振り込まれていることも知っていた。

だが、それ以外の場面で試合の存在感が発揮されることはまずなかった。存在こそ知ってはいれど、それを意識する機会はまるでない。そんな空気のようなものとしてしか、試合は生活の中に存在しなかった。

「わたしやお父さんみたいな、無意味なものを記録するだけの仕事なんて、何の意味があるんだろうね。ただ傍観してるだけなんだよ。そんな記録が、昔からのも合わせて、東京の野球殿堂博物館には山のようにうず高く積もってる。これを記録するために、わたしのご先祖は代々頑張ってきたんだろうね。大変だっただろう、その苦労は分かるよ。でもね、焼けちゃっても、そういう人たちの努力が灰と煙になっちゃったとしても、世の中の人のほとんどは何も気に留めないまま普段通りに生きていけちゃう。じゃあ、わたしたちのしてることに何の意味があるのか――っていう話」

ユカリは堰《せき》を切ったように朗々と、しかし淡々と言葉を重ねた。

「そんなこと、言うなよ」

ユイは形ばかりのフォローをしてみせたが、生まれたときから自らの存在意義について考えていたであろうユカリの言葉を聞かされた後では、オウム返しに否定してみせるのがせいぜい関の山だった。

そうは言ってもやはり、ユカリの立場がどうなるのか分からないのが不安だった。何とか革命や何とか王朝だとかいった、むかし歴史の授業で教わった遥かな過去の固有名詞が、頭を駆け巡った。ユカリがどこまで考えているのか分からない。死を覚悟しているのか、それともそこまでの事態には至らないと考えているのか。

ともかく、ユカリの考えを軌道修正しうる言葉を編み出そうとして、ユイは頭をフル回転させた。

「無意味かどうかを決めるのは自分自身だろう。人が意味ないと思うことでも、自分にとって価値あることなら、それは価値があるんじゃないのか。価値の尺度を他人だけに求めていていいのか。いいはずないだろう」

「でも結局、ひとりだけでは生きていけないじゃん。他の人と暮らしていかないといけないでしょ、世界が滅びて自分だけが生き残ったりしないかぎり。社会の中で生きていけないと、人間死んじゃうんだよ」

ユカリは、人差し指を真下へと向けてみせた。

「球場に取り込まれてない地域があるって、さっき言ったよね。そこの人たちがどんな暮らしをしてるか、ユイちゃん知ってる……」

山麓地帯や人の踏み入れない秘境のような場所。水道もガスも電気もないインフラのない世界で、食料にも事欠く人々の暮らし。はっきり言って、想像したことすらない、未知の領域だった。

ユイは黙って首を振った。

「かつて球団の勢力猛々しく、領地の拡大戦争が猛威をふるっていたころ、何にも縛られない暮らしを選択した人たち。社会システムからの疎外を、自ら望んだ人たち。

文明から遮断されてもう何百年経ったか分からないけれど、古い文献によると、彼らの文化レベルは猿や原始人と変わらない状況なんだってさ。球場から出るゴミを漁ってなけなしの食糧を探し、高地とか洞窟とかの過酷な住環境で、生きる苦しみにひいひい喘ぎながらその日その日を暮らしてる。たまに不正偽装した入場券で球場内に戻ろうとする人もいるけど、大抵自警団やチケットのモギリに見つけられて失敗してる。『それでも生きてるじゃん』っていう人はいるけど、わたしに言わせてもらえば、そんなものはもう、生きてない。『球場の支配から逃れてるんだ』って自分たちでは思ってるのかもしれないけど、それ以前に、彼らは単なるアウトサイダー、社会からの落伍者に過ぎないでしょ？　社会に生きている限り社会からの価値判断から逃れることはできない——そう思わない……」

そして言い終わると、ユカリはいつものようなほほえみをユイに向けた。ユイにはもう、何も言えなかった。それでもなお、ユカリの使命には意味がある、と言ってやりたかった。けれど、自らのユカリへの気持ち以外には、無意味に意味を与えられそうなものは、もう何ひとつなかった。

ふたりはケッテンクラートに戻り、再び東へ向けて車を進めた。荷台に積みかさなる沈黙の重みを感じながら、エンジンを回すことしか、ユイにはできなかった。

かつての地下道をくぐり抜け、ホットドッグ屋の看板やしなびたジェット風船をキャタピラで踏み潰しながら、一週間ほどの旅をした。

なまあたたかいトンネルを抜けると、銀色のドームが目の前に広がった。ユイはケッテンクラートのエンジンを止めた。

大阪で入手した入場券を、入場口を塞ぐ機械の穴へ通す。すんなりとゲートが開いたので球場の中に入り、そのまま地下へとつながるエレベーターのボタンを押す。

両開きの重厚なドアを開くと、そこには天井までそびえる背の高い本棚が何重にも備えられていた。その全てに何らかの書物が刺さり、隙間はほぼない。だだっぴろい部屋の手前から奥まで、ぎっしりと本棚で埋め尽くされていた。

ここが野球殿堂博物館、全ての記録が眠る地。

そう思うと、自然に手に汗が滲むのが分かった。

「お父さーん！」

ユカリの声が天井で反響する。それに呼応するように、天井にほど近い本棚の上の方が、不自然な明るさで照らし出された。

火だった。

赤い炎が、部屋の奥の本棚の上で煌々と燃えている。それに照らされて、うごめく人影が見えた。

二人は急いで梯子を探し、本棚の屋根の部分へと登る。高所から見下ろすと、端が暗闇に吸い込まれてしまうほど遠くにまで、本棚が部屋中に配列されているのが分かった。

そして登り終えると、息つく間もなく、火の方を見た。

一人の男が、手に火のついたマッチを手に立っていた。かたわらには、透明のガラス瓶と紙の束が転がっている。

「やめろ！」

ユイは反射的にその男を背後から羽交い締めにして、マッチを奪った。男の手からマッチをむしり取り、息を吹きかけて火を消す。

「お父さん……」

ユカリの声に振り返って顔を見せた男は――黒縁の眼鏡と、几帳面に整えられた口元の髭。やや白髪の混じった短い髪。レンズ越しに見える、底知れぬ知性と隠遁者特有の孤独を示す鋭い眼――間違いなく、二人が探し求めていた男だった。

第百二十五代〈記録者〉タカマ。試合の記録を司る記録省のトップにして、突然の反乱を企てた男――そして、ユカリの父である男。

「よく来たな」

タカマは落ち着いた素振りでユカリを見つめた。羽交い締めにしたまま、ユイが尋ねる。

「いったい何が望みなんだ。全ての茶番の破壊？　記録の抹消？　現〈記録者〉のあんたがそんなことをして、何になるんだ？」

「手紙に書いた通りさ」

タカマは動じることなく、ユイの羽交い締めを解いた。あまりの大胆さに、ユイは抗うことすらできなかった。

そして、ユカリのもとへと近づいて、こう尋ねた。

「娘よ。記録者の仕事は楽しいか？」

突然の質問にユカリは戸惑いを隠しきれずにいたが、一瞬の沈黙の後に、ユカリは静かに首を縦に振った。

しかしタカマは、間髪を入れずに吐き捨てた。

「嘘だ。見たような記号を見たように記し、〇《ゼロ》を無限に連ねていくだけの作業に、楽しみなど見出せるはずがなかろうが」

タカマはユカリの肩に手を置いて、息のかかりそうな距離まで顔を近付け、ユカリの目をまっすぐに見据えながら言った。

「おまえは知っていただろう、昔から私が試合を忌み嫌っていたことを。無意味の空転に誰も声を上げないこの世界に憤っていたことを。そして、この茶番劇を止められるのは、〈記録者〉たる私だけであることを」

ユカリは下を向いて、唇を噛み締めた。

「世の中は無意味で溢れている。挨拶も、他愛のない会話も、社交辞令も、みな分かっていて分かっていないふりをする。そんな茶番が嫌なら、嫌だ嫌だと言う前に、茶番を壊せ。それだけのことなんだ。でも、誰も自ら動こうとはしない。自らの手を汚そうとしない。自分のことしか考えない浅ましいドブネズミの群れ、自らの思考を放棄した堕落したタンパク質の塊。そんな奴らに世界を任せるわけにはいかない——だから、自分で手を下すことにした」

タカマはユイに視線を送った。そして胸元から一枚の写真を取り出した。三人の人影が写ったスナップ写真だった。

「それは——」

ユカリが短く叫んだ。

「懐かしいな、家族で撮った写真だ。桜の季節、古い城址、仲の良い家族……。だが、もうこんなものは不要だ。郷愁も懐古も何もかも、家族でさえも茶番に過ぎないということを、私は証明してみせる」

タカマは胸元から再びマッチを取り出し、写真に火を付けた。ユカリの言葉ににならない悲鳴とともに、写真は端から黒く焦げ落ち、またたく間に一掬いの灰燼と化した。

「この部屋にある記録も全て、燃えてしまえば灰になる。そして、それは人でさえも」

呆然と立ち尽くすユカリの顔が見えた。

「燃えてしまえば全てが終わりなのに、なぜそうも生きるのか。それはきっと、今まで生きることしかしてこなかったから。生きることにあまりにも自分の労力と時間を費やしすぎて、引くに引けなくなっているから……。私はそうした固定観念から人々を解放したいのさ。その手はじめとして、私は試合を終わらせることにした」

タカマが冷たい目でユイの方を向いた。

「街の様子を見ただろう。人々の間には何の混乱もない。彼らの生活には何のさざ波も立たない」

「お前はそれでいいのか」

緊張が自らの喉を塞ぐのを感じて、それでもユイは声を出そうとした。

「代々〈記録者〉だったんだろう。それを自分が終わらせてしまっていいのか」

「伝統など無価値だ」

「それはお前の考え方じゃないか！」

いつのまにか、両手を握りしめている自分に気が付いた。

「世の中、自分ひとりで生きてるわけじゃないだろ。お前だって家族がいる、父親がいる、母親がいる。いろんな人がいて、いろんな考え方があって、それでも世界は回らなきゃいけない……そんな中で生まれた無意味は、一見無意味かもしれないけど、本当は意味がある――はずなんだ。そうでなきゃ、こんなに長い間存在し続けている訳がない」

「根拠のない妄想だな。若いのに、頭が凝り固まっているようだ。可哀想に」

タカマは憐れむような微笑を口元で示してみせる。

どうすればいいのか――背後にユカリのすすり泣きを聞きながら、ユイは必死で考えている。どうすればいいんだ、死ぬ気で考えろ、死ぬ気で――。

まともに説得するのは無理だ。泣き落としも同情も通用しないだろう。

では、どうすればいいのか？

無限の可能性の中からありえない選択肢を消し、消し、消し続けて、残った何かにすがりつく。その何かも、新たな枝分かれの末に消えていく。それでも何かを求めて、ユイは考え続けた。頭の歯車をフル回転させ、体中の糖を消費して――そして、結論を出した。

「私と野球で勝負しろ」

勝負。決闘。果し合い。

太古の昔より、噛み合わない議論の果てに行われてきた、最も原始的で、最も単純で、最も合理的な解決法。

勝てば相手を屈服させられ、負ければ翻意を余儀なくされる。

勝つか負けるか、いずれか片方を選び取るための、勝負。

「なるほど、なかなか面白い」

タカマは忍び笑いを漏らしていた。

「確かに、記録するだけの傍観者風情が口だけで威勢のいいことを吹かしていても仕方がない。記録者自身がプレイヤーとして参加してはじめて口を挟む資格が得られる、というのは確かに道理だ。いいだろう」

「随分と余裕そうだな」

ユイの挑発を無視して、タカマは続けた。

「プレイボールは一ヶ月後。旧来の野球規則に則って、九回までで勝ち負けを決め、それでも決まらない場合は十二回まで延長する。その九回までに一、、、、、点でも得点を入れい、、、、られたらお前の勝ちだ。反対に、十二回まで〇対〇なら――茶番を維持されたら――お前の負けだ」

「場所は？」

「旧甲子園球場。試合が始まり記録が生まれた地――我々の聖地だ」

タカマは不敵な笑みを浮かべてみせる。

「メンバーはその際に試合に参加している人間――つまり、無作為に登録選手から選ばれた選手――に、私とおまえをそれぞれのチームに加えた合計九人。打順・ポジションは自由」

「それでいい」

「では、一ヶ月後に」

そう言ってタカマは踵を返し、

「これが、記録に刻まれる最後の試合になるだろう」

ユイは高みから本棚の群れを見下ろした。無限にも思える本棚の並びを眺めていると、何か神々しいものを感じ、体の奥底から畏怖の念が湧き出すのが分かった。

そして、その源である記録の織りなす小宇宙であり、有史以来記録され続けた数字の大群こそが自分たちの倒すべき相手であることを今さらながらに実感して、ユイはユカリと顔を見合わせた。

黴臭い、埃にまみれた地下にあっても、夏の暑い太陽は照り続けている。そして、試合は進み続けている。

ユイは、タカマの背中を見送りながら、そんなことを考えずにはいられなかった。

蔦にまみれた古い球場に、サイレンが鳴り響いた。

青い空のもと、烈しい太陽が土のグラウンドに降り注いだ。

ユニフォーム姿の九人と九人が向かい合わせになって、顔を合わせる。

――プレイボール！

審判がそう叫ぶと、両チームの選手は帽子を取り、深々と頭を下げた。

先攻はタカマのチーム、対してホーム側であるユイのチームは後攻。ユイは黒い土のグラウンドへ足を踏み入れ、二塁の守備位置に付いた。

とうとう試合がはじまってしまう。そう思うと、グローブをはめた左手が汗ばむのを感じた。

試合がはじまるにあたって、ユイとユカリはこの関西圏の球場へと戻り、できるかぎりの研究を進めていた。〈甲子園歴史館〉〈サダハルベースボール・ミュージアム〉〈マツナカ野球資料館〉といった各地に点在する〈記録者〉たちの根城に所蔵されていた資料を集められるだけ集め、対タカマへの対策を練った。

不気味なのは、タカマの余裕だった。ユイが試合の実施を持ちかけたとき、何一つ口を挟むことなくあっさりとその誘いに乗った軽さ。こうなることを予見していたのではないかと深読みしてしまう底の知れなさが、あの男からは感じられた。

だが、もう試合ははじまってしまうのだから、これ以上気に病んでも仕方がない——そう気持ちを切り替え、ユイは試合に集中を注いだ。

一塁側のベンチから見慣れたユカリの顔が見えた。いつものようにスコアブックを膝に広げている。あの姿が見られるのも今日が最後になるかもしれない……そんな気弱なことを考えてしまう自分が嫌になり、首をぶんぶんと振って、考えをかき消した。

三塁側のベンチ周辺では、タカマを中心に選手による円陣が組まれていた。何やら作戦を話し合っている。

しばらくして、掛け声とともに円陣が解散し、バッターボックスにタカマチームの一番打者が入った。審判に会釈をし、バットでホームベースを数度叩いては、右打席に構える。それとほぼ同時に、捕手の後ろに立つ審判から「プレイ!」の声がかかる。

中肉中背の、特に何の目立つところもない、ふつうの選手。ユイは素早く選手の姿とベンチの動きを観察したが、どこからも異変は感知できず、それがかえって不気味さを感じさせた。

いったい何を仕掛けてくるのか——。

ユイは投手の後ろ、二塁の守備位置で身を硬くして、そのときを待った。ユイを中心としてグラウンド全体に緊張の波が広がり、それが頂点に達したとき、投手がマウンドから第一球を投じた。その瞬間――。

打席で起こったのは、全くやる気のない、波打ったスイングだった。

ストライク、と審判が声高に叫び、スコアボードにSのランプが一つ灯った。

始球式での形だけのスイングを思わせるあまりの気のない打者の振りに、観客席では困惑の色が隠しきれない。だが、その後もその打者は、全く当たる気配のないゆるやかな素振りを二回繰り返し、三振の宣告を受けては、何事もなかったかのように打席を後にした。

無気力試合の予感にざわめく球場の中で、しかしユイだけは、落ち着いた表情を浮かべていた。

今回の試合は普段の試合とは違う。茶番を破れるかどうかが勝敗を決する。

それゆえタカマのチームは、十二回を終了した時点で〇対〇の引き分けに持ち込めれば勝利となる。つまり、自らの攻撃で点を取る必要は、全くない。

もっとも、普段行われている試合では、茶番とはいえ、その儀式性が重視されることもあって、これほどまでに無気力な展開が行われることは、まずない。それゆえ、ある程度までは真剣に攻撃を行うと考えていたのだが――。

「どうやら本気みたいだな」

勝ちのためには一切手を抜かないという意思表示。

手を抜かずに手を抜く。

大真面目に不真面目な野球をすることが最善手になりうる、「勝負」という秩序の狂った壮大な茶番が、幕を開けようとしていた。

――野球ではふつう、三割打てば好打者とされるよね。

でも、これは投手と打者の力量が均衡している場合だけ。

投手が力で優れば優るだけ、打者が出塁できる確率は限りなく低くなっていく。

そもそも「三割で好打者」っていうのも、五分五分の力量があっても、三割の確率でしか打者は投手に勝てないってことだし。

――つまり野球ってのは、打者のほうが圧倒的に投手よりも不利な競技なんだよ。

ユカリとの作戦会議で交わされた言葉を思い返しながら、ユイは、タカマチームの後続打者が淡々と三振を喫するのを眺めていた。

守備側からでも、故意に攻撃側を有利にする手段はある。

例えば、ストライクゾーンから大きく外れた球を投げ込み、「敬遠」という形で相手にフォアボールを与える。

例えば、キャッチャーミットを相手のバットに故意に接触させ、「打撃妨害」という形で相手に出塁権を与える。

だが、あの男がこれらのことを見落としているはずがない――ユイはそう判断した。

投手が敬遠を連発しても、打者は空振りさえしてしまえばストライクになるし、打撃妨害を狙ったとしても、打者走者が一塁ではなく三塁に向かえば、ルール上はアウトとなる。それ以外にも、両足をバッターボックスから出して打ったり、投球動作中に打席を変更したり、あるいは決められた打順を故意に間違えて違う打者が打席に立ったりすれば、いずれも反則となり、審判からアウトが宣告される。

記録を司る神だったあの男が、こうした反則事項を考慮していないとは、到底思えなかった。

もう一度、ユカリの言葉を思い出す。

——野球ってのは、打者のほうが圧倒的に投手よりも不利な競技なんだよ。

この言葉は、ある意味では正しい。

だが、野球において打者が不利なのは「点を取る」ことが目的である場合のみだ。

今の〈「点を取らない」ことが目的の状況〉では、圧倒的に打者が有利にある。

目の前で繰り広げられる茶番を眺めながら、ユイはその事実を噛みしめていた。

（ここまでは予測の範疇だ。では、ここからどうすればいい？　どうすれば「勝てる」？）

（打つしかない。点を取るしかない。スコアボードに「1《ワン》」を刻めば、この試合は終わる）

ユイは、見慣れたスコアボードを、いまいちど振り返って見つめた。

物心ついた頃から「〇《ゼロ》」以外の数字が刻まれた姿を見たことがない、「無」の権化。

何百年も前から、何の事故も偶然もドラマもなく淡々と「〇《ゼロ》」だけを刻み続けてきた巨大な墓石。

そこに「1《ワン》」を刻まなければならない。

再び、ユカリの言葉が脳裏に蘇る。

そのとき、三つめのアウトカウントがスコアボードに灯り、攻守交代を告げる審判の声が響きわたった。

ユイは頬を叩いて気合いを入れ直し、一塁側のベンチへと戻った。


一回裏、ユイチームの攻撃。

マウンドには、背番号1を付けたタカマチームの投手が上がっていた。タカマ自身は捕手として本塁付近で投球練習の球を受けている。

この試合では、ユイ自身は四番打者として打順を登録していた。つまり、ひとりでも塁に出れば、この回にユイの打席が回ってくることになる。

(タカマのチームが勝つには、十二回までこちら側の攻撃を封じて〇点に抑えればいい。だが、ランダムに選ばれた選手同士で忖度なしに戦う以上、何の策も講じずにいれば、点が入る確率はゼロではない……。つまり運次第では「負け」もありうるということ。それをあの男が分かっていない訳がない)

投球練習が終わり、再びグラウンドに緊張の波が広がる。

ユイは一塁側のベンチから、打席に入る一番打者の様子を目で追い続けた。打席で構え、投球動作を待つ。無限とも思える時間が過ぎ、ベンチは期待と不安で静まり返っていた。

そして、第一球が投じられた。

——だがそれは、緊迫するスタジアムにはあまりにも相応しくなかった。

山なりの、ゆるやかな軌道を描くボール。

それこそが、タカマチームの投じた第一球だった。

(スローボール……!?)

その脱力したキャッチボールじみた投球に、ユイは戸惑いを隠しきれなかった。

だが一方、打者は一瞬体勢を崩されかけるも、一拍二拍とタイミングをずらし、ボールを体にひきつけて鋭くバットを振った。快音が響き、白球は美しい放物線を描いて外野へと飛んでいく。客席が、歓声で沸いた。

――しかし。

「センターライナーだ」

広い外野の真ん中で、中堅手はその場を一歩も動くことなく、定位置のままグラブを閉じた。

一度は歓声で埋め尽くされた球場が、今度は落胆のため息に包まれる。ベンチにいる周りの野手陣も、乗り出した身をがっくりと落とす。

（当たりが良すぎたのか？　しかし、なぜわざわざ打ちやすいスローボールを？）

タカマの意図が掴めないままに、二番打者が打席に入った。だが、

「今度はレフトフライ」

タカマチームの投手が投じたのは、またしても山なりのスローボールだった。その人を舐めたような力のない球を、打者は目いっぱいフルスイングしたのだが、今度も外野の手前で失速し、左翼手のグラブに収まる。左翼手は、定位置から一歩も動いていない。

（おかしい。何かがおかしい）

ユイは奇妙な違和感を覚えた。何かに騙されているような、巧みな幻術にかけられているような、そんな予感がした。横に座るユカリは、思い出せない何かを思い出すかのように、しかめ面を浮かべている。

そして、三番打者が打席に入ったが——。

「……ライトフライ」

右翼手が定位置でボールを捕る。やはり、一歩も動いていない。

完璧に捉えた打球は、全て守備陣の定位置に飛んでいた。

これで3アウト。

ユイチームの攻撃は、わずか三球で終了した。

「本気で打ってますよ。ベンチから見ても分かったと思いますけど、完全に捉えたと思いました。運が悪いとしか言いようがない」

ベンチに戻ってきた三番打者は、嘆くようにそう語った。

（運が悪いだけで済ませられるか？　やはり何か仕掛けているんじゃないのか？）

そうユイが考えていると、スコアブックの記入を終えたユカリが神妙な面持ちでこちらに向き直って言った。

「……あれは『キャッチボール投法』だね」

「キャッチボール投法？」

聞き慣れない言葉にユイは首をかしげた。

「資料館の古文書で見たことがある……かつてイヌカイという投手が甲子園大会でメイクンというチームを完全に封じ込め、これを武器に大躍進を遂げたんだって。打者の呼吸や癖を読み取り、あえて打ちやすいコースに投げることで打球の軌道を誘導して抑え込む古代の投球術」

「そんなこと可能なのか？」

ユイには到底信じられなかった。だが、ユカリは平然とした顔で答えた。

「キャッチャーは私のお父さん――〈記録者〉として古文書に精通し、『硬球史』という大著すら編み上げた言わば記録の神。試合で起こりうるありとあらゆる可能性を知り尽くしていて、その記録を元に投手をリードしているはず」

ユイは、東京の地下で見た、無限に立ち並んでいるかのような巨大な本棚を思い出す。

ほぼ無限ともいうべきその記録がインプットされた記録の神。試合という土に根を張った、代々続く伝統という名の神木。

「でも大丈夫。作戦会議したでしょ？」

ユカリが励ますように言った。

確かにこの一ヶ月、ありとあらゆる可能性を考慮して、できるかぎりの策を練った。毎日へとへとになるまでユカリと練習を繰り返し——そして、ある活路を見出した。

しかしこの対策ですら相手に読まれているのではないか——そんな疑いが心から離れることはなかった。

不安を顔に浮かべたまま守備につこうとしたとき、ユカリがユイの手を握ってつぶやいた。

「私を無限の牢獄から解放できるのは、ユイちゃんだけだから」

ユイは静かにその手を握り直して、ベンチを出た。

二回表のタカマチームの攻撃はすぐに終わった。またしても、無気力な三振が三回繰り返されただけだったからだ。そして試合は、二回裏のユイチームの攻撃へと移った。

カンカン照りの太陽をヘルメットに受け、四番打者として打席に向かいながら、ユイはユカリとの作戦会議の様子を思い出す。

——まずは出塁すること。ランダムに選出された選手で構成されたチームである以上確実に点が取れるわけじゃないけど、少しでも得点の可能性を高めるためには、まずユイちゃんが出塁して打線の起点になること。それが大事だよね。

——でも出塁ってどうすればいいんだ？　言っとくけど私、去年の検定でFランクだったんだよ？　ドベから二番目だよ？

——振り逃げ、打撃妨害、死球《デッドボール》の当たったふり。野球にはルールがあるんだから、その中で最大限にルールを活かした作戦を考えないとね。

そう言って、ユカリはほほえんでみせた。

そして今、ユイはバットを握りながら考える。

（確かに出塁さえすれば打ち崩せるかもしれない。キャッチボール投法の弱点は、ボールが本塁に届くまでの時間がどうしても長くなることだ。そこにつけ込んで、二盗三盗と盗塁を重ねた上で外野に飛ばしさえすれば、犠牲フライで一点は確実に入る。キャッチボール投法相手でも外野に球を飛ばすだけなら可能なのはさっきの回で見た通りだ）

（だが、あの投手には、タカマのリード通りに球を投げ込める正確無比な制球力がある。ボール半個分狂えば簡単にスタンドインされたしまうような綱渡り。それをこなせるだけの、神がかった制球力が……。そんな相手に振り逃げや故意の打撃妨害狙いといった小細工は通用しないだろう）

（では、どうするか――）

ユイは迷いを抱えながら打席に入った。そして確信を得るために、背後でミットを構えて座るタカマに向けて声を掛けた。

「……下手なインチキはやめろ。あのピッチャー、どこから連れてきたんだよ」

「何のことだか」

「しらばっくれるな。お前のリード通りのコースにボール半個分やそれ以下の正確さで投げられる投手がこの大事な試合に限って選ばれるなんて、そんな偶然あるか」

「ユカリの入れ知恵か」

タカマはマスク越しに不敵な笑みを浮かべ、グラブでマウンド上に立つ投手を示した。

「あいつは球場の外から連れてきた」

「球場の外？」

思いもよらぬ回答に、ユイは眉をひそめた。

「球場からの疎外を自ら望んだ者たちによる社会。そこでは茶番ではない、本当の試合が——つまり、打って投げて守って、点が入って点が取られ、勝つ者と負ける者が決まる、忖度なしの野球が行われている。そして今投げているあいつはその中でも別格中の別格、己の肩だけで賭け野球の世界を渡り歩いてきた真の実力者」

正確無比なコントロールはそこで磨かれたのか——ユイは謎が解けるのを感じた。

「生ぬるいルーティーンに慣れきった球場内ではなしえない芸当も『外』の人間にはできる。競争こそが進歩を生む以上、単なる祭祀に堕した今の試合には、もう何の価値もない。もっとも、この試合が終われば、そんな区別もなくなってしまうがな」

そう言って、タカマは静かにミットを構え直した。

球場の外――生きるのにも事欠く過酷な環境下で、それでも野球を続けてきた者たち。その中でもよりすぐりの実力者である以上、まだ隠し持っている技術があるのだろう。底が知れない……ユイは圧倒的な力差を感じずにはいられなかった。

――だが。

「球場の外のやつが、どうして試合に出てるんだよ。やっぱりインチキじゃないか」

〝十五歳以上の球場内に住む人間は、総じてみなどちらかのチームに、選手として登録されている〟〝出場する選手は登録選手の中から無作為に選出される〟……この規則がある以上、球場外に住む人間は試合はおろか、球場内への侵入も許されないはずだった。

タカマがマスク越しの顔を上げた。

「私が入場券をやったんだよ——球場外で行われた、何でもありの野球トーナメントの優勝賞品として。そして球場内の人間として登録されたのち、無作為な抽選によってこの試合に選ばれた。それだけの話だ」

「何が『無作為な抽選』だ？　お前の差し金だろ」

疑わずにはいられなかった。偶然につぐ偶然——限りなく起こりえない出来事を、この重要な試合のときに限って引き当てるような奇跡じみたことが起こるとは、到底信じられなかった。

だが、タカマは泰然と言葉を返した。

「おいおい、軽率なことを言わないでくれよ。無作為《ランダム》であるということは、どれだけ低い確率であろうとも〇《ゼロ》ではないということ。無限の可能性を秘めたこの球場では、何が起こってもおかしくない……そうだろう？」

見え透いた嘘のはずだった。だが、先ほどの打球誘導の卓越した技術と、それを裏打ちする膨大かつ緻密な記憶——無限の可能性のなかから、相手にとって最も都合の悪い分岐枝を選び抜く能力——を見せられては、もう何も言い返すことはできなかった。

――野球ってのは、打者のほうが圧倒的に投手よりも不利な競技なんだよ。

やっぱり勝てないのか？　そんな弱気な言葉が胸によぎる。試合という土壌に根を張った神木。その歴史の重みと威厳をユイは感じた。

――だが。

（無限の可能性があるなら、わたしたちが勝つ可能性だってある……どんなに低い確率だとしても、それを選び取ってやる）

ユイは打席に向かい、両手でバットを構えた。脇を締め、顎を引く。打撃の基本に忠実に、ユカリとの練習で繰り返したように。

守備側のサイン交換が終わると、投手から第一球が投じられた。打ち頃のスローボールだったが、ユイは微動だにせず、白球がミットに収まるのを黙って見過ごした。

「様子見か？　少しは頭を働かせたようだな」

タカマの見え透いた挑発には乗らず、ユイは打席で集中力を高め続ける。

陽の照り続ける球場の真ん中で、投手は足を上げ、第二球を放った――が、これもユイは、悠然と見逃しを選択する。ど真ん中の絶好球を二度続けて無視した姿を傲慢さの表れと勘違いし、観客がざわめきだすのが聞こえた。

「どうした？　試合放棄か？」

タカマの囁きには耳を貸さず、ユイはただ一点だけを見つめ続ける。

マウンドに立つ投手が握る、あの白球。

ベンチからの不安げな視線や客席の喧騒から自分を切り離し、それだけを見つめる。

そして、第三球が放たれ——瞬間、ユイはバットを短く握り直した。

そして、この打席で初めてバットを振った——あえてボールの芯には当てないような軌道で。

ボールは、三塁側のファールゾーンへと飛ぶ。塁審がファールを叫び、どよめきと安堵が入り混じったため息が客席を包む。ユイはひとつ息を吐き、再び打席でバットを構えた。

次の第四球も同じだった。バットを短く持ち、あえて芯に当てないように——つまり、意図してファールボールになるように——ユイはバットを振った。

第五球、第六球、第七球……ファールが十球に達したころ、球場からはため息や歓声が消え、代わってひそひそと隣の客同士が囁き合うような小さなざわめきで、球場は包まれた。

ユイは、ユカリとの会話を思い出す。

——昔よく使われた出塁の技術で、わざと芯を外した打ち方をしてファールを連発して粘る、っていうのがあったらしいよ。

——相手が疲れてボール球を投げるまで待つってことか。

——そうそう。バットを短く持って、ボールにかすらせるようなスイングでボールを打つの。

——なかなかよさそうだけど……わたしにできるのか？　Fランクだぞ？

——ユイちゃん、動体視力いいじゃん。いつもわたしが見逃した打球の方向教えてくれるし、この間だって、ケッテンクラート運転しながらでも新聞の見出し読めてたじゃん。

——うーん……そんなこともあったなあ。

——じゃあとにかく、今から練習ね。私バッティングピッチャーやるから！　一回やってみたかったんだよね！

そう言い残して駆け出していくユカリの笑顔が、今でも瞼の裏に残り続けていた。

投手が振りかぶり、十一球目を放った。ファール。

十二球目、ファール。

十三球目、ファール。

十四球目、ファール。

——泥臭いかもしれない。卑怯かもしれない。でも、一つでも正しい道が見える限り、勝つ可能性がある限り、粘り続けて——神木を切り倒す！

ユイは、木製の小さな鉈を、深く根を張る神木へ向かって振り下ろす。何回も何回も、手のひらが擦り切れようとも、太い幹をこの手で砕くために。

そして、十五球目までファールにしたところでいったん打席を外した。手も肩も膝も、何もかもが痛い。ベンチでは、身を乗り出して心配そうにこちらをみつめるユカリの姿が見えた。

「カット打法か」背後でタカマがマスク越しに囁いた。

「投手が疲れたところを一発狙う、あるいは失投を誘って四球《フォアボール》で塁に出る。なるほど、力で劣る選手が勝ちをもぎ取るにはいい策だ」

タカマは審判に要求して、ボールを交換する。

「だがな、野球にはルールがあるんだよ。遅延行為って知ってるか?」

〝野球規則四・一五　フォーフィッテッドゲーム(没収試合)

一方のチームが次のことを行った場合には、相手チームに勝ちが与えられる。(……)

(b)試合を長引かせまたは短くするために、明らかに策を用いた場合。〟

「この規則にカット打法が該当するかは過去にも議論があったようだが、結局は審判の裁量次第だ。やめたほうがいいんじゃないか?」

「わざわざそんなことを教えてくれるってことは、この作戦が効いてるってことだよな?」

ユイはマウンド上の投手を見た。負担の軽い投げ方とはいえ、精密な制球を要求される以上、神経の摩耗は相当なものだろう。依然無表情を保ってはいるが、破綻は時間の問題のはずだ。ユイは、タカマの言葉は投手の体力回復を狙う時間稼ぎだと判断し、打席へ戻った。

「どうしても続ける気なんだな」

バットを構えるユイの背後でタカマが再び囁く。そして、審判がプレイ再開を告げる。

――絶対に勝つ。

そう念じてバットを構え、投手が球を投じるのを待った。

だが。

（……サイドスロー？）

タカマチームの投手は、突如これまでの上から投げるオーバースローからフォームを変えた。横手投げ――それが、彼とタカマが選択した回答だった。

（どんな球でも同じだ。ファールにして体力を削り取る）

ユイはバットを振った。芯をわずかに外した感触。これまでの十五球同様、フェアゾーンの外へボールを運べるはずだった。

だが、そのボールは、フェアゾーンには飛ばなかった。

ユイは、自らの痛みで、その場所を知った。

(自打球か……!)

下腿部に鈍い痛みを感じ、ユイは自らの打球が自打球となって下腿にぶつかったことを知った。

確かに、ファールにしたボールの軌道が逸れて自分の体にぶつかることは多々起こりうる。むしろこれまでの十五球で起こらなかったのが幸運だった——これまでとは異なる結果に戸惑いと不安を抱きながらも、ユイはそう考え、痛みをこらえながら再び打席でバットを構えた。

そして十七球目。再びサイドハンドから投じられた球をユイはカットして——今度はユイの肘に直撃した。

あまりの痛みに耐えかね、ユイはたまらずタイムを宣告して打席の外に出た。そして、自らの胸に生じた疑惑を確かめるべく、タカマの顔をキャッチャーマスク越しに見た。

まさかとは思っていた。

しかし、タカマは笑っていた。

そして、キャッチャーマスク越しに宣言した。

「カットマン対策は三百年前に終わっている」

（……そうか。打球の軌道を誘導できるほどの制球力とデータがあれば、相手に自打球を打たせるように仕向けることも可能なのか）

ユイはタカマの言葉の真意を理解し――その底の知れなさに、畏怖を覚えた。体の芯ががたがたと震えだすのが分かった。

だが、それでもユイは打席に向かい続けた。

二十一球目、左胸に自打球。

二十二球目、右前腕に自打球。

二十三球目、左下腿部に自打球。

スイングするたびに体に傷が増えていく。神木に振り下ろしていた鉈は今や、自らの身体を壊す諸刃へと変わっていた。

そして二十四球目。これまで全球をストライクゾーンに放り続けてきた相手の制球力に感嘆しながらも、渾身の力でバットを振り抜いた——はずだった。

(体が動かない……!?)

肋骨周辺が熱く拍動し、脳の指示に体が従わない。ずきりという鋭い痛みが体の奥で暴れ、振り抜くはずの腕が止まる。

そして審判の腕が上がる。

ストライク。

ユイは愕然とした。

恐ろしいのは体が動かなかったことではない。三振を喫したのが情けなかったのでもない。

恐ろしいのは——約束を守れないかもしれないということ。負けるかもしれないということ。

ユカリを、救ってやれないかもしれないということ。

ふらふらとよろめきながら打席から出るユイをチームメイトが肩で支えながらベンチまで送り届けたとき、ユイは自らの体の痛みも忘れ、ただただ歯を食いしばっていた。

スコアボードにまたひとつ〇《ゼロ》が灯る。

まだ日は沈まない。

三回表、三回裏とともに三者凡退でイニングは終わり、試合は四回、中盤へと進んだ。

四回表のタカマチームは、もはや何の感動もないままに、予定調和としての三振を三回繰り返して攻撃を終えた。

観客のため息が聞こえるなか、四回裏がはじまった。一番打者から始まる攻撃はまたしても三人で終了し、ユイには打席は回ってこない——そう誰もが、ユイやユカリすらも、思っていた。

しかし。

「敬遠……⁉」

タカマは一塁ベースを指差す仕草をして、審判に申告敬遠の意思を伝えた。それを見た一番打者は、首をかしげながらもバットを置き、一塁上へと歩き出す。

（なぜノーアウトで誰もランナーがいない局面で、わざわざ不利になるようなことを？）

またしても術中に嵌っているかのような気味の悪い感覚を味わいながら、ユイはその意図を必死に考えた。が、しかし、二番打者が打席に向かうなかで、再びユイは驚きの声を上げた。

「また敬遠……⁉」

タカマは一瞬の迷いも見せず、再び一塁ベースを指差した。そして、次の三番打者に対しても、同様に敬遠の意思を示してみせた。

三連続敬遠。しかもノーアウトから。

敗退行為に等しいこの采配に対して、場内からは困惑のざわめきがとめどなく溢れていた。

そして、打順は四番に座るユイへと回った。

ヘルメットを被り、手袋をはめ、バットの手触りを確認しながら、ユイはグラウンドを見つめた。

塁は全て埋まっている。

ヒットにしなくても、外野に飛ばせば一点。

つまり、勝ち。

だが――。

「舐めやがって」

タカマは、自分との勝負に一〇〇％勝てると踏んで、だからこそこの無謀な状況を作り上げてみせたのだろう。圧倒的な力の差を、小娘に思い知らせるために。

怒りをこらえ、打席で構えて待つ。

そして、投手がサイドスローから球を投げ込む。

――来る。

ユイはバットを振った。

「ぐっ……」

カットした打球は、再びユイの胸に白い弾丸となって飛び込んだ。肋《あばら》が折れたのだろうか、息をするのもままならないほどの痛みが、胸の奥で破裂した。

それでもなお、ユイは構え続ける。神木に刃を立て続ける。

肘、膝、大腿、背中、水月、側頭部、脇腹、顎。

全身のありとあらゆる場所に自打球を喰らい、体が赤黒く変色していく。

「おい、お前死ぬぞ」

タカマが半笑いのまま声を掛けた。

だが、ユイは無視して、腫れ上がった両腕でバットを掲げる。体の中心から湧き出す苛烈な痛みを感じながら、ユイは意識を保つことだけを考えていた。

倒れることは許されなかった。ユカリを助けなければ、そして茶番の意味を証明しなければならなかった。

だからバットを振り続けた。カウントは2ストライク〇《ノー》ボール——投手はここまで一球も、ボール球を投じてはいなかった。

（だから、見逃せば三振になって終わってしまう。終わらせないためにはバットを振らなければならない――だが、バットを振ると体が壊れてしまう）

倒れることも、見逃すことも許されない、極限状態。

それはまるで、罪を背負った罪人を烈火の炎で浄化する煉獄。

罪が消えるまで、死ぬことも倒れることも許されない、無間地獄。

（どうすればいい？　死ぬ気で考えろ、死ぬ気で……）

ユイは薄れゆく意識のなか、自分がいま何をすべきなのか、必死で考え続けた。

視界に自分の前腕が入った。赤黒く腫れ、血が滲んでいる。バットを持つことさえやっとな状態のこの自分の弱々しい腕で、いったい何を救おうとしていたのだろう。

今のユイには、ベンチのユカリを見ることは到底できなかった。

だが、この腕に意味があるのだとしたら――。

そこまで考えたとき、ユイの頭に、あることが閃いた。

――いけるかもしれない。

そう思って、ユイは再び打席に入った。

「もうやめろ。諦めて見逃すんだ」

タカマですら眉をひそめるほどいまの自分の状態は酷いもんなんだろうな。開き直って自らを嘲りながらも、ユイは集中力を高め続ける。

――そして、グラブの中の白球を見つめ続ける。

「……分かった。分かるまで投げ続けてやる」

タカマがサインを出し、投手が横手から球を投げ込む。

――来た。

ユイはバットを振った。

そして、バットを握る力をゆるめ、バットを三塁側に投げ出した。

タカマの顔が驚きに歪む。

ユイの手には、もう何も握られてはいない。

そしてユイは――その何も握られていない、腫れ上がった弱々しい腕で、そのまま白球を叩いた。

「自分の腕で打った……!?」

ベンチのユカリが愕然として声を上げた。

「お父さんのデータはあくまでバットで打つときのデータ。だから自分の腕で打てば、軌道は変わり、結果も変わる……」

打った瞬間、腫れに腫れた前腕が悲鳴を上げ、なにかが千切れる音がした。見ると、骨が突き出し、肉を突き破っていた。

だからなんだ?

ユイは何も考えずに、一塁へと走った。頼む、外野へ飛んでくれ。必死に願いながら、重い体で駆けた。

そしてしばらく意識が遠のいた。

再び気がついたときに聞こえたのは、場内のざわめきだった。

何かに驚くような、最高潮に達した歓声。

……勝ったんだ。わたし、やったんだ。

そう思って立ち上がり、スコアボードを見た。刻まれているはずの1《ワン》を探して。

――だが、刻まれていたのは、いつもと変わらない、〇《ゼロ》という数字だった。

「どうして……!?」

疑問を叫んだユイの両脇を、ユカリとチームメイトが抱きかかえた。気付けば、自分はベンチのなかで寝かされているようだった。上からユカリの顔が見下ろしていた。

「ユイちゃんの打球……外野に飛ばなかったんだ」

「じゃあどこへ？　ノーアウトなんだから、最悪ゲッツーでも一点入るだろ？」

「……三塁ベースの前」

ユイは愕然とした。

そして、その言葉の意味を理解した。

「トリプルプレー……」

三塁手がボールを捕ったあと、三塁ベースに触れ、二塁、一塁とボールを回す。

ワンプレーで三つのアウトが発生する、めったに起こりえないものの、確率的には〇《ゼロ》ではないプレー。

ユイは、自らに野球の神がほほえまなかったことを悟った。痛みも忘れ、ただただ絶望にうちひしがれた。

三回が終わり、合計六つの〇《ゼロ》がスコアボードに刻まれた。まだ日は高く、容赦ない陽光がグラウンドには降り注いでいた。

攻守交代の時間内にギプスや包帯で処置をしてもらい、何とか試合は続行できることになった。

「今回、両チームとも九人ちょうどしかいないからね」

ユカリがスコアを記入しながらそう言った。

「私が倒れて試合続行不可になったら、没収試合で相手の勝ちか」

野球規則四・一七には、次のようにある。

〝一方のチームが競技場に九人のプレーヤーを位置させることができなくなるかまたはこれを拒否した場合、その試合は没収試合となって相手チームの勝ちとなる。〟

「没収試合になると、スコア的には、〇－九になるから、今回のルール的には微妙だけどね。でも多分向こうの勝ちになるんじゃない？」

「わざと倒れちゃえばいいだけになるもんな」

「サッカーじゃないんだから」

「なにそれ？」

「昔のスポーツ。なんでもないよ」

そう言って、ユカリは再び試合を眺める。

試合はその後も、予定調和めいた驚くべき滑らかさで回を消化していった。四回・五回・六回と両軍ノーヒットで終了し、終盤となる七回を迎えた。

二番から始まる攻撃は、ユイに打順が回ってくるはずだったが——。

「敬遠？」

二番打者、三番打者を打ち取り、２アウトまで進めたところで、タカマが審判に向かって一塁を指差すジェスチャーをし、審判はそれを受け入れた。ユイは地面にバットを置き、一塁へと歩き出す。

「いちばん厄介な打者を敬遠して何がおかしいんだ」

そうタカマは言ったが、先ほどの打席でわざわざ満塁にしてまで勝負を仕掛けてきたことを考えると、何か腑に落ちない、居心地の悪い予感がした。

その後はキャッチボール投法を破れないままに五番打者が凡退し、七回の攻撃は幕を閉じた。そして八回も、六番・七番・八番打者が凡退を繰り返して何の抵抗もなせないまま、ついに最終回である九回を迎えた。

しかし、九番・一番・二番打者も、いずれもキャッチボール投法の餌食となり、外野へのフライに倒れた。

九回が終わり、両チームともに無得点。それが意味するものは――

「延長戦か」

試合がはじまったときから覚悟はしていたものの、実際にその状況が訪れると、胸が詰まるような苦しみを感じた。

そして十回の攻撃。

三番からの打順であり、またしてもユイに打順が回ってくるはずだったが――。

「また敬遠？」

1アウトを取ったところで、再びタカマは申告敬遠を申し入れた。自らに有利な展開ということもあり、抵抗することもできず、ユイは一塁へ向かった。

だが、大方の予想通り、後続の五番と六番打者が外野フライに倒れ、あえなく十回の攻撃は終わった。

(延長最終回の十二回までに、あと一回打席が回ってくるかどうか。誰か一人でも塁に出てくれればいいんだが)

そんなことを考えながらベンチに戻ると、スコアブックを手にしたユカリが、何かに気付いたように、思いつめた表情で出迎えた。

「どうした」

「これ見てよ」

ユカリは、これまでに終わった十回までのスコアをユイに差し出した。

「ふつうのスコアに見えるけど」

「じゃあこれも見て」

ユカリは、スコアブックから千切ったのであろう、一枚の紙を差し出した。そこには、まだ終了していない十一回以降のスコアが鉛筆書きで記されていた。

「このまま十一回も三人で攻撃が終わると、十二回は一番からの攻撃になる、っていうのはいいよね。で、それで、前に一番からの攻撃だった回はというと――」

「トリプルプレーの回か」

ユイは、ユカリが何を言わんとしているのか察せられた気がした。

「お父さんが何の考えもなく二打席連続でユイちゃんを敬遠するはずがない。それができるくらいなら、最初の打席からずっと敬遠だけしてればいいもんね。だから、何を考えているのか考えてたんだけど……。やっぱり、さっきのトリプルプレーの回と同じように、ノーアウトから三人連続で敬遠して満塁にした上で、打ち取るつもりなんだと思う」

「余力を残した上で倒し、圧倒的な力の差を見せつけるために、か」

ユイはユカリに礼を言い、ひとりでベンチに座った。

そして思った――受けて立とうじゃないか、と。

満身創痍の体を背負いながらも心は死んでいないことを証明するために、ユイはひとり静かに胸の奥で炎を燃やしていた。

大方の予想通り――あるいはタカマの計算通りに――三者凡退で十一回が終わると、試合はユカリが予想した通りの展開を見せた。

十二回裏、いよいよ最後の攻撃となるこの回、一番から始まる攻撃は、ユカリの予想通り三者連続の申告敬遠からはじまった。つまり、ノーアウト満塁。

そして打席には、四番打者であるユイが向かう。

有史以来の記録を司る記録の神が、ほくそえんでいる。

この程度で秩序は崩れないと、余裕の笑みを浮かべている。

自分は、巨大な象の足元で歩き回る小さな蟻に過ぎない――ユイはそう思った。

だが、蟻の巣ほどの小さな穴であっても、堤を崩すことだってある。そう信じて、ユイは痣だらけの体を引きずり、打席に向かった。

「骨……折れてるんだろ」

打席に着くなり背後からタカマが話しかけた。

「この試合が終われば世の中は変わる。試合は終わり、球場の内外の概念はなくなり、あらゆる秩序がいったん崩壊する。再び秩序を取り戻すまでに、その不自由な体だと生きてはおれまい」

「だからどうした」

「お前はなかなか骨がある。死ぬには勿体ない」

「情けでも掛けてんのか?」

言葉を吐き捨てて、ユイは素振りを繰り返す。だが、肋や腕に鋭い痛みが走り、バットを握ることとすらままならなかった。

「もう諦めろ——その体だ、どうあがいても外野に球を飛ばすのは不可能だ。そして、満塁というのは一見守備側の分が悪いように見えるが、さっきのトリプルプレーのように、実はアウトを取れる場所が増えて有利だ……まあ、これ以上は言わなくとも分かるだろう」

そして、タカマは一度言葉を止めて、宣言した。

「断言しよう。お前が勝つ確率は〇《ゼロ》だ」

「やってみるまで分からないだろうが！」

ユイはふらつく体でそう叫び、バットを構えた。

「理論上は〇《ゼロ》かもしれない。でもやってみるまで分からない、もしかしたらできるかもしれない、やらなきゃどうにもならない……そう思うから、あがくから、意味があるんだろうが！」

ユイは、なけなしの力を振り絞ってタカマを睨みつけた。

「……分かった。残念だ」

そして、タカマは投手にサインを出した。

マウンドで投手は数度頷き、グラブを胸の前で構えた。

そして――横手投げから白球を投じた。

ユイはバットを振る。だが、もうスイングするだけの力が残っておらず、バットはボールの上を通過しただけだった。

場内は静まり返っている。

傍から見ると、普段と何も変わらない、〇だけを無限に連ねていく無意味な試合に見えているのかもしれない。

そんなことを朦朧《もうろう》とした頭で考えていると、再びマウンドからボールが投じられた。

ストライク。もうスイングする力もなく、ただただボールを見逃すことしかできない。

いや、それは嘘だった。本当は、振ってももう何も意味がないと思っていたのだった。

振っても自らの傷を増やすだけ、だったら振らない方がいい。そんなことを考えてしまっている自分に腹が立ったが、もうそれを打ち消す力さえ、残ってはいなかった。

しかし、ユイは無意味に意味を与えたかった。意味があると言いたかった。だからこそ、ここまでボロボロになっても諦めたくはなかった。

だが、もう限界が近付いていた。

腕の骨が飛び出し、足が赤黒く腫れ、肋が折れ、内臓が痛み、全身を打撲してまで、
自分は何をしたいのか？

ユイはもう一度、自分に問いかけた。

——友だちを救いたい。

——友だちが友だちであることの意味を肯定したい。

ユイはベンチを見た。いや、もう見るまでもなかった。脳裏には、あの笑顔が焼き付いたままだった。

——茶番でも何でも、使えるものは使ってやる。

そして、そんなことを思った、あの暑い夏の日のことを思い出す。

思えば、あの日から全てがはじまったのだ。それ以前は何の意味もない、空転する日常を怠惰に生きているだけだった。すりきれたのっぺらぼうの歯車になって、ただ生きていただけだった。

だが、あの役人から渡された手紙が、全てを変えた。友人の危機と世界の破滅を救う、そんな大それたことをするつもりはなかったし、そんなことは今でも言えないけれど、何かしなくちゃいけないと思ったのは確かだった。

いつか死ぬと分かっていても、しないといけないことがある。意味はないかもしれないけれど、せずにはいられないことがある。

それに気付かされたのは、あの日、あの球場で、あの子を引き止めたときだった。

だから、いま自分は、その役目を果たす。

無意味の意味を証明する。

証明しなくちゃいけないんだ。

ユイは最後の力を振り絞る。痣だらけの腕で脇を締め、血の滲んだ顎を引き、ふらつく足でバットを構える。

そして投じられた三球目——。

ユイは再びバットを握る力をゆるめた。両手からバットがすり抜け、地面にぶつかって乾いた音を立てる。

そして、全ての力を振り絞って、自分の腕でスイングした——芯をわずかに外すカット打法で。

肉が弾ける痛みが、前腕から全身へと伝わる。

思わず、ユイは言葉にならない痛みを叫ぶ。

「カット打法は通用しない、無駄なあがきだったな」

その声と音を聞いて、タカマがあざ笑った。

——だが、次の瞬間、タカマの顔は苦痛で歪んでいた。

「腕で打った打球の行方は予測できない――ということはすなわち、こ、う、い、う、可、能、性、もありえるってことだよな」

ユイが自らの腕でカットした打球は血とともに後方へ飛び、タカマのキャッチャーマスクとプロテクターの間――ちょうど首元、人体の弱点とされる喉へと、白い弾丸となって突き刺さっていた。

タカマのマスクとプロテクターが砕け、そのままタカマは崩れ落ちた。

――茶番でも何でも使えるものは使ってやる。

その言葉通り、ユイは自らの腕を使った。そしてその腕は、目論んだ通りの役割を果たした。

確かにタカマが言っていたように、ボールが狙い通りのところに飛ぶ確率などほぼ〇に等しかったのかもしれない。マスクとプロテクターを砕く位置にぶつかること、タカマの喉元を直撃することは、理論上はありえないことだったのかもしれない。

だが、ユイはそれを引き当ててみせた。

無限の可能性から、勝利を導く唯一の分岐枝を。

「最後に勝った奴が正しいんだぜ。歴史は勝者によって書き換えられるんだろ」

野球規則四・一七には、次のようにある。


〝一方のチームが競技場に九人のプレーヤーを位置させることができなくなるかまたはこれを拒否した場合、その試合は没収試合となって相手チームの勝ちとなる。〟


ユイは、意識を失ったタカマを、静かに指差した。

――そして、審判が没収試合を宣告した。

場内にはけたたましいサイレンが鳴り響いた。

一瞬、観客席を静寂が支配した。

耳が痛くなるような静寂――しかし、それはすぐに、大歓声によって破られた。波紋のように、歓喜と困惑と熱狂の声が広がっていった。そして場内は、自らが歴史の転換点に立ち会ったことへの喜びと畏怖で溢れかえった。

沸き立つベンチのなかで、ユカリはひとり、手元のスコアブックに〇‐九というスコアを刻んだ。はじめて書く〇《ゼロ》以外の文字に、手が震えるのが分かった。

そして、場内のスコアボードにも、初めて〇以外の文字が刻まれた。

無限の終焉。

終わりなき日常の終わり。

騒然とする場内のなか、ユイはベンチへ戻り、ユカリの手を取った。ぼろぼろになったユニフォームもそのままに、ユイはユカリの手を握った。

ふたりは顔を見合わせた。ふたりとも何も言わなかったが、口を開かずとも、伝えるべきことは伝わっていた。奇しくも、ユイがユカリを引き止めた、あの全てのはじまりの夏の日のように。

そして、ふたりは球場を抜け出した。

日が傾いている。サイレンはまだ鳴り止まない。

暑い夏が、終わろうとしていた。

「つかまっちゃうね」

手を引かれながら、ユカリがぽつりとつぶやいた。

「どうだろう。でも勝ったのはこっちだからな」

「ユイちゃん、歴史を変えたね。革命だよ革命」

そう言ったユカリは笑顔を浮かべながらも、父親のことを思い出したのか、目から
は一筋の涙がこぼれ出していた。

ユイがその顔を見つめて、

「元号、変わっちゃうのかな」

「今の《牽制》なんて元号、好きじゃなかったし、別にいいよ」

「ユカリが次の〈記録者〉になるんだから、新しいの考えたら？」

一瞬の間ののち、ユイが答えた。

「うーん……、『ユイ』でいいよ」

「テロリストの名前なんて付けられるわけないだろ、バカだな」

「いいよ、それで。もう、意味なんてないんだから」

ふたりは、ケッテンクラートが停めてある、かつての駅前のロータリーで立ち止まった。

「これからどうしよっか」

「つかまってても大丈夫だよ。私が死ねば恩赦になるから」

「物騒なこと言うなよ」

そう言って、ふたりはくすくすと笑った。

何もかもが静寂に包まれていた。終わりを阻止するために奮闘してきたはずなのに、今や何もかもが終わってしまったかのような気持ちだった。

「野球、したいな」

笑い終わってしばらくの間があったあとで、ユイがぽつりとつぶやいた。その視線の先には、ケッテンクラートの荷台に入れてあった、古ぼけた野球のボールがあった。

「野球しようよ」

ユカリがボールを手に取り、ユイの手に渡した。

「そうだな」

ユイはケッテンクラートの運転席に乗り込み、傷だらけの右手でエンジンを回しはじめた。ユカリが後ろの荷台に乗るのを見計らって、ユイはアクセルを踏みしめた。

こうして、その後ふたりは、球場の外の世界へ旅立ったと後世の記録には残されている。

だが、その後のふたりの本当のゆくえは、誰も知らない。

記録者の挟持を全うするために、混乱のさなかにあった全国の球場を周り膨大な記録を整理して、新たな秩序へと導く歴史書を書き上げたという記録もある。

一方、殺人者として検挙された友人を救うために、自ら命を絶ったという記録も残されている。その記録によれば、新〈記録者〉は自死の直前、自らの思い出を残すために、長い長い日記のような記録を書き記したという。そして、その最初のページには、ある友人の名前が記されているのだとか。

各種多様な異説だけが遺され、後の世の人間が真実を知る術は、もう残されていない。絶対的な視点から歴史を記述することなど不可能な以上、真実を知ろうとする行いそのものが、意味のないことなのかもしれない。

ただ、ひとつだけ正しいと言えることがある。

生きていても何の意味もないかもしれない。そんな無意味を記録しても仕方のないことなのかもしれない。

だが、ふたりは、そこに意味を見出した——無限に続く〇《ゼロ》に、新たな1《ワン》を灯らせるように。

あのとき、球場で何かが終わり、そして何かが始まった。それは新たな歴史なのかもしれないし、そんな大それたものではなく、ただ日常の日々が再び動き出したというだけのことかもしれない。だが、あのふたりにとっては、とても大切な瞬間だったことは間違いない。

それだけは、確かなことだ。

「終末少女と八岐の球場」
初出『少女終末旅行トリビュート』（二〇一八年、カモガワGブックス）

鯨井久志

大阪府出身。一九九六年生まれ。翻訳家・書評家・医師。二〇二三年にジョン・スラデック『チク・タク・チク・タク・チク・タク・チク・タク・チク・タク・チク・タク・チク・タク・チク・タク・チク・タク・チク・タク・チク・タク』（竹書房文庫）を翻訳し、『SFが読みたい！２０２４年版』（早川書房）で海外篇ベストSF２０２３の第１位を獲得。海外文学やSFにまつわる同人誌『カモガワGブックス』を主宰している。〈パワプロクンポケット〉シリーズは全作プレイしている。

小松左京

Sakyo Komatsu

星野球

8

文明が発達すると、その前世代には、考えられもしなかったことが可能になってくる。たとえば——江戸—大坂間をテクテク歩いて、とまりをかさねて十日から二週間で旅をしていた幕末の人たちに、あなたたちの時代から百年後、つまりあなたたちの曾孫《ひまご》の時代には、東京—大阪間を三時間で行けるようになる、といってやったところで、チョンまげ姿の人たちには、そんなことは想像もできなかったろう。

だから——。

三十二世紀になって、人間が宇宙空間を自由にとびまわり、銀河系宇宙の太陽系の周辺半径二百光年の空間は、ほとんど征服し、さらに直径十万光年の銀河系全体の征服から、他の島宇宙征服が次の時代に約束されていたとしても、二十世紀の人間にはちょっと想像もできなかったろう。ましてそのころには「草野球」ならぬ、「星野球」がはやっていた、などということは――。

「星野球」は、やたらにだだっぴろい宇宙空間で生活しなければならない人たちの間で、退屈まぎれに考え出されたものだった。まだこまかいルールがあるわけではなかったが、とにかく距離は数十万キロから数光年はなれて、ほぼ正方形に配置された四つの星があれば、それがベースになった。あとは大ざっぱに、むかしはやった野球のルールにしたがってやればいい。四角にならんだ星の中央に、人工惑星をひっぱってきて、それがピッチャーマウンドになった。ボールは遠隔操縦装置をそなえた丈夫な小型ミサイルで、バットのかわりに、大型ミサイルでこいつをはじきとばす。

ピッチャーは、ありとあらゆる手段をつくして、ボールである小型ミサイルを電波操縦して、バッターの発射する大型ミサイルをさけ、ホーム星のきめられたストライクゾーンにうちこまねばならない。大型ミサイルにはじきとばされた瞬間に、〝ボール〟

のリモコンが切れるようになっているから〝打球〟はどこへとぶかわからない。そこで守備ロケットは――スピード制限されているが――それをおいかけ、キャッチして、塁へかえす。

あとはふつうの野球どおり。ただ、ベース間の距離がべらぼうに長いので、ピッチャーの投球が本塁に達するまで、数週間かかり、一イニングすむのは数カ月かかり、一ゲームすむのに数年かかるのだった。――しかし、なにしろ宇宙時代であり、人の時間感覚も大らかだったので、やる方も見る方も、けっこうのんびりやっていた。

で――。

その時も、アルファ・ケンタウリ地区のスペース・スタジアム附近の空間は、木星ギガンティックス対冥王星レッツシッターズという好カードをむかえて、数多くの見物ロケットでぎっしりうずまっていた。その間をぬってコカコーラロケットや、ホットドッグロケットなどの物売りロケットが、うろうろ動きまわる。試合は順調にすすんで、両チーム、シーソーゲームのすえ、早くも六年目には同点の最終回をむかえた。九回表、レッツシッターズの四番、五番は、つづけざまに左中間をやぶって二、三塁、六番三振、七番凡フライで二死、八番三遊間にヒットして、一点アヘッド。九回裏ギガンティックスの攻撃は、二者凡退の後、二番が右中間に三塁打、そして三番にアルファ・ケンタウリ・リーグ最強打者、ロングアイランドをむかえ、観客はどっとわいた。ロングアイランドは、バット――つまり大型ミサイル操作にかけては不世出の天才といわれた男であり、対するレッツシッターズの投手のゴールデンフィールズは、これまたリーグ最ベテラン投手として、大記録完成の一歩手前だった。

数千万キロ四方の空間は、しんとしてしずまりかえり、みんな、かたずをのんで対決の一瞬をまった。ゴールデンフィールドは敬遠か、勝負か――第一球が投ぜられてから三日後、スペース・スタジアムはどっとわいた。ゴールデンフィールドの、変幻きわまりない第一球を、ロングアイランドは、おそるべきカンによって、はっしとばかりたたいた。

すさまじい打撃だった。スペース・リーグはじまって以来の――まったく史上空前の大飛球だった。うたれた小型ミサイルは、くるったように空間をつっぱしり、宙天高く消えて行った。――むろんホームランでギガンティックスの逆転勝ち。飛球は、銀河系空間をこえ、いずくともなく消え去ってしまった。

それから六年後——。

アルファ・ケンタウリ地区は、突然どう猛そうな他の宇宙族の襲撃をうけた。襲撃といっても、異様な兵器による示威運動ばかりで、直接攻撃はなかったが、地球側はびっくりして、あわてて防御態勢をとった。彼らはまだ一度も人類と接触をもったことのない、巨大な昆虫のような、魚のような、ゴリラのような生物で、たえず威嚇《いかく》的な叫びをあげて、なにかをうったえかけるのだが、なにをいってるのかさっぱりわからなかった。

三年間の、一触即発のにらみあいののち、地球側はやっとむこうと話しあいにはいろうとした。ところがこれが大変な仕事で、言語系統がまったく想像を絶しているので、双方がさんざん努力して、あらゆる電子計算機を動員したあげく、やっと意見が通じあうようになるのに、また三年かかった。そして——。

「やつらの要求はわかりましたか……」

むこうの代表と第一回正式交渉をもった地球側代表がかえってくるのを見て、地球側の全員は、心配そうにきいた。

「ああ……」政府代表はげっそりしたように肩をおとした。「わかったよ」

「なんといっているんです」

「十二年前に……」政府代表は吐きすてるようにいった。「おれたちの〝ボール〟がこわした窓ガラスを弁償しろとさ！」

「星野球」解説

（『小松左京アニメ劇場　原作集』［角川文庫］より抜粋）

小松　実盛

大宇宙をグランドに壮大な試合を繰り広げる「星野球」。

小松左京は、子供の頃から野球に全く興味がなく、そのせいか、家族そろって野球中継を見たとか、父とキャッチボールをしたといった思い出は、一切ありません。

そんな小松左京が、何故、野球ＳＦである「星野球」を書いたのか？

実は、「星野球」をサンケイスポーツに発表した一九六四年に、古代史研究の大家・梅原猛先生、フランス文学の多田道太郎先生と一緒に、朝日新聞で「野球戯評」というコラムを連載していたのです（よく考えると、この三人で野球コラムとは、朝日新聞もなかなか大胆です）。

小松左京は、野球のことをあまり知らないのに、元漫画家ということで、このコラムのカットも担当していました。
元々、野球のルールもよく知らなかったようですが、コラム連載で知識を得た成果が「星野球」に生かされたようです。

野球が大嫌いで、見たこともない人間を、「そう言う人間も必要や」いうて、ひっぱりこむ。えらいむちゃくちゃやね、もう。（笑）

「野球戯評」（地球書房）より

実は、学生漫画家時代のノートに野球漫画のラフスケッチらしきものがありました（何と初公開！　無類の猫好きだったため、チーム名は〝ＣＡＴＳ〟となっています）。

野球漫画のラフ画？

ほとんどルールも知らなかった漫画家時代の小松左京が、野球漫画に挑戦していたら、一体どんな作品になっていたのか？　大変気になるところです（メンバーに、宇宙人、未来人、異世界人、超能力者が含まれるＳＦ野球漫画になっていたのかもしれませんね）。

「星野球」
初出〈サンケイスポーツ〉（一九六四年）
底本『ある生き物の記録』（一九八二年、集英社文庫）

小松左京（一九三一—二〇一一）

大阪市西区京町堀（西船場）生まれ。日本を代表するSF作家の一人で、『復活の日』『果しなき流れの果に』『日本沈没』など、数々の名作を世に残している。人類の未来や戦争に対する鋭い洞察力と思慮深さは他に類を見ない。『三体』の劉慈欣をはじめとする国内外の小説家はもちろん、映画監督やゲームデザイナー、アニメーターなど、後世の多くのクリエイターに影響を与えている。

【編者注】小松左京「星野球」は、『地には平和を』（二〇一九年、角川文庫）及び『小松左京アニメ劇場　原作集』（二〇二〇年、角川文庫）にも収録。両書共に小松左京さんの数多くの名作が収録されており、『小松左京アニメ劇場　原作集』では、小松実盛さんによる上記の解説をはじめ、各収録作の貴重なエピソードや資料が掲載されています。こちらの二冊もぜひ。

青島もうじき

Mojiki Aojima

9

of the Basin Ball

作品紹介（anon pressより）

インフィールド・フライは、野球経験者にとって、不確かな瞬間を与える不思議でイレギュラーな〈現象〉である。一塁などに走者がいるという特定の状態で、内野に打ちあがったフェアの飛球は、審判によってインフィールド・フライと宣告され、打者にはアウトが告げられるというものだ。

その瞬間が訪れる。あなたはいったい誰でどこにいるだろうか。ルールに基づき判断を下すアンパイアかもしれない。打ち上げたことを後悔する打者か、落下位置に急ぐ内野手か、ただの観測者として存在する観客かもしれない。そして、あなたはそれがインフィールド・フライだと言い切れるのか。だが、その瞬間は起こってしまった。白球は打ち上げられたままだ。（編・平大典）

あなたに「遊ぼう」と言われて、わたしが目覚め、わたしが目覚めたことで、あなたは眠い目をこすりながらようやく存在を開始する。そのような類の無法はしかしながら決定的に可能でなければならず、可能であるがゆえに、わたしはいまここに存在するのだともいえる。単に、言葉遊びの問題だともいえる。

宇宙船の外殻は白い。人体を構成するあれこれを好き勝手に改変してゆく様々の線を、厚い金属の層で遮っているのらしい。分裂間際の動物細胞に似た形状の金属板を二枚、互い違いに組み合わせることで、船は真球に近い球を形成している。白球が打ち上げられたのは数十億年前のことであり、あなたはその長いとも短いともつかぬ時を、刺激のない等張液のなかに漂いながら微睡まどろみ、たまにこうして目覚めている。

外殻の継ぎ目には赤い金属が用いられている。一〇八の縫い痕は人間を惑わす煩悩の数ではなく、白球の見立てであるらしい。見立て。光学的な意味での観測者などは持たないというのに、信仰や祈りとしてそれは見立てられている。煩悩の数であるならばどれほど楽な旅であろうかという文句は、数年で罵詈雑言の語彙を使い果たして、どこかの恒星系に落としてきた。あなたは、たったひとりで、いつ終わるとも知れない旅を続けている。

無より有の生じるに似たその目覚めは、一応は縁ふちの周辺に適当な数字を転がしてやることによって発見することができる現象でもある。縁（≠淵）では陸でも水中でも起こらない現象が起こり、そこでは単純な計算式とその試行回数により、複雑な構造が見出される。どんぐり Acorn、グライダー Glider、軽量級宇宙船 Light-Weight-Spaceship。あなたを運ぶ船は、そのような再現性のあるパターンの一種である。造船は、陸でも水中でもなく、その縁のドックで行われる。

縁の名は、眠りでもなければ混沌でもない。ここでは、あなたが脳の星々の隙間に読み込むそのゲームの用語、内野 infield とするのがよいだろう。命題と冗談の区別が必要であるのは、そこに二人以上の人間が存在するときに限られ、また、冗談じみた命題、命題じみた冗談などは、特別な状況を想定せずとも十分に可能である。少なくとも、いまこうしてわたしが語りを開始したことに比べれば、十分以上に尤もらしい。

旅程はまだ半ばである。船は銀河系と銀河系との間を航行し、そう書けば聞こえはよいが、実際のところ見るべきものの少ない領域でもあり、そもそもこの船には窓やカメラというものが備えられていない。ここが宇宙であろうが、深海であろうが、電脳の仮想空間であろうが、あなたに区別をつける手立てはない。半径数メートルの等張液だけがあなたの世界であり、さらにその中心付近、半径十数センチの脳だけがわたしの世界である。

けれど、どうやらそれにも飽きてしまったらしい。だから、わたしという機能が作動したのだろう。一種の緊急措置として用意された、存在のバックドア。無意識が無意識であることに違和感を抱くような矛盾が生じたときに、それを解消し、安全な宇宙の旅を取り戻すための機能としてのわたしは、その役目のためにこうして高らかに試合の開始を宣言する。

わたしがなぜあなたの脳に同乗するか。その理由を謎として提示することによって、物語を引き延ばし、遅延させることにしよう。ヒントは、インフィールド・フライ。解を与えてしまえば再び眠りにつくことになるあなたと、わたしはもう少しだけ一緒に遊んでいたい。

プレイボール。あなたとの遊びをあなたの脳内で待ち続けていたわたしが、ようやく肩を叩かれたことに心浮ついていないとは断言することができない。

わたしの感情は、あなたの感情の部分集合に過ぎないのだから。

＊

あなたが野球という球技の存在を知ったのは、物心がつく前のことで、少なくともあなたの生まれた国では多くの人間がそうであった。あなたという自我の存在よりも先に、あなたのなかには野球があった。

あなたは野球をしたことがない。義務教育のカリキュラムで一度や二度くらいは打席に立つことがあったかもしれないが、その記憶がない以上、未経験者と呼ぶことにさほどの問題はないだろう。

あなたは甲子園に出場する資格を持たず、ここでいう甲子園は全国高校野球選手権の通称を意味する。しかし、あなたはそのことを知らないし、当然ながらそれを残念に感じることもない。

あなたの家の近くには小さな地方球場があって、ナイターゲームの日には投光器が煌々と輝いていた。あなたは野球にはさほどの興味も抱いていなかったが、地面ごと引きはがしてゆくようなその浮ついた眩しさのことはどこか好きだった。休日に家族と出かけた帰り、余熱をたっぷりと蓄えた身体を後部座席に沈めて、あなたは微睡んでいる。ちょうど、この旅と同じ構図だ。薄い瞼越しに窓の外の光を受けて、あなたはゆるやかに休日の終わりを実感する。あのライトが見えてきたら、家の近づいてきた印であった。

以上が、あなたと野球の間に結ばれる線のすべてだ。

あなたは、いま、高く打ちあがったボールを空中で捕らえようとしている。あるいは、その様子を固唾を呑んで見守っている。それは比喩でもなんでもないが、同時に客観的現実でもない。球形の塩水の中で行われる競技が仮に存在するのだとしても、それはわたしの知る「野球」ではないだろう。野球は複数形を取らないし、この試合は、目を覚ましたあなたの脳内で執り行われている。

あなたがこの旅を完全な眠りに落ちることなく続けている事情は、適当に理解してくれてよい。冷凍睡眠が水晶体に与える悪影響だとか、月に一度のサボテンの世話だとか、宇宙の辺境に住む夜の王さまに眠りを奪われてしまった、だとか。

目的などというものが関係なくなるほどの長旅であり、始まってしまった旅は、唯の一点へと還り着くまで終止符を打たれることがない。旅を終えようとダイヤモンドの四辺を駆ける走者は、これまでの十数億年、一度たりとも生還を果たしたことがない。局面は一死、走者一・二塁。審判員は胸に手を当てて、インフィールド・フライの適用条件を満たしていることを互いに確認する。

すべてを明らかにする強い光の下、投手と捕手は手元のグラブを覗き込む。そこには小さな紙片が貼られており、目と目で伝わる強固な絆よりも強固な数学的な繭まゆをまとって、次の球種を決定する。

打者にとっては、放られる球種が判っていることは大きなアドバンテージとなる。胸元へ曲がってくる球種が選ばれるのであれば——それをあらかじめ識しっているのであれば、もはやそこに勝負はない。すでに関数を取得している軌道に金属のバットを添わせて、逆算し、決定的な衝突の瞬間へと導く。そこには痛みも摩擦も、違和感もない。誰かを家に帰すためだけに舗装された白亜の一本道を、手を引きながら歩くだけの未来がすでに存在する。

あなたは勝負事というもの全般が苦手であった。そこには相手がおり、ふたつの脳が衝突を起こして、互いに目指す利益というものが相反するために、少なくともどちらか一方の目的は達成されることがない。

勝負さえなければ、痛みを感じる必要もない。これは比喩でもあり、一体なんの比喩であったのかと思い起こせば、あなたという意識の誕生だとか、コンウェイの開始した生命のゲームの規則だとか、さらに遡り、場の量子論 Quantum Field Theory の成立だとかを相手取ってもらえればよい。どちらがどちらの比喩であるのかといった主従関係は問題とならず、もちろん、事前に勝負を避けるのも、あなたの自由だ。ともかく、投手と捕手の間で取り交わされるサインは様々の手段を講じてひっそりと盗まれる対象となった。

あなたの身体は球殻を満たす36℃の塩水に浮かんでいる。液体が球形を保っているのは、宇宙船の内部が無重力であるからだ。光も、音も、触覚も、すべての刺激が執拗なまでに取り払われた白球の内側では、あなたはあなたの身体に輪郭を感じることがない。液体のなかにどこまでも溶け出してゆくような、曖昧な感覚の波間には、なにかを選択するための意識が必要とされない。左右等距離に餌を置かれた三叉路の驢馬ロバも、腹が満たされているのであれば、ただその場にぼうっと立っていればよい。

重力条件下においては、特別な釣り合いが達成されない限り液体は球とならない。岩山の頂上で割られたフラスコからは水が滴り、幾筋からの流れに分かれて、やがて適当な窪みで水溜まりを形成する。

外界よりもたらされる様々の刺激というものは、岩山に水の垂らされることに似て、内側に存在している様々な経路によって分類がなされ、そうしてあなたはその刺激に意味を見出す。あなたが目にした白球には一〇八の赤い縫い目があり、それを深く刻まれた溝、すなわち特徴量として、あなたは打ち上がった白球を野球ボールという分類に落としこむ。

言葉に意味を持たせるためには、その意味するものと意味しないものの縁に近づかないことだ。あなたは野球ボールとソフトボールの区別がつけられないし、ソフトボールに用いられる白球が、なぜソフトボールボールと呼ばれないかを知らない。そこは、これまでの認識を破壊するような未知の細菌に満ちた水際basin of attractionである。

しかし、そうした縁にこそ船は生まれるのであった。

落下する物体を目で追い、身体を動かし、その予測される落下地点へと回り込む。オールライト。気流に揉まれて身じろぎをしながら落ちてくる白球に、その軌跡を想像しながら絶えず関わり続ける行為こそが世界に意味を生み出し、そうしてあなたはあなたとなる。

宇宙の果てを目指すあなたには、思いつく限りの能力が事前にインストールされていた。Brain-machine Interfaceなる機械がある。あるいは脳がある。もしくは機械と脳から成る複合体がある。脳の神経ネットワークに対して、読み取り／書き込みを可能とする装置のことだ。あなたはそれを、自我の芽生えるよりも先に身体へ埋め込まれていた。

あなたは、旅をする存在として生まれた。

全知全能の神には、遊びを行うことができない。旅を行うことができない。それらは、不完全な存在が、なにか制御することのできないものを相手取って、知恵を絞ることによって初めて可能となる。あなたは、遊ぶことも、旅に出ることも好きだった。遊び疲れて、旅から帰ってくることも好きだった。

装置は、あなたの耳元で、投手と捕手の間のサインを囁く。勝負をすることなく利益を得ることのできるその装置は、臆病なあなたに優しい。あなたは宇宙船の塩水で、意識を立ち上げることなく漂っていることができる。

あなたが胸元へ曲がってくる球にバットを当てることを望むのならば、その機能が呼び出され、あなたは未経験者であるにもかかわらず、望むままに出塁を果たすことができる。この競技の複雑なルールも苦労することなく手に入るし、状況に応じた冷静な判断も行うことができる。そうした外付けの機能アプリは、技術者によって「implant」＋「application」＝「implication」と名付けられた。元は論理学の語で「暗に含意すること」を意味するそれは、インプリケーションという意味をインプリケーションにインプリケーションしている。すなわち、人間の「できる」は、もとより、筋肉や骨格の挙動になにかを含意させるものだと主張している。

「できる」は、あなたという自我に先立って存在しており、だから、あなたにとって、あなたの先駆者である。あなたの旅に、意識は必要とされなかった。そのようにして成立した存在でありながら、あなたはひとりの旅に退屈してしまった。

野球という機能ははじめ、イースターエッグとして脳に埋め込まれた。あろうがなかろうがどちらでもよい、おまけの機能として。それがソリティアやマインスイーパ、ピンボールでなかった理由は特にない。そもそも目的のない機能であるのだから、その手の理由の不在には寛容であるべきだろう。

結果として、野球というものはよい比喩ではあったのだと思う。そこには対戦相手がおり、それは利益相反する他者でもある。あなたは、装置が盗み出したサインを破り捨てて、バッターボックスに立ち、投手に向き合い、あなたでない誰かを求めて、意識を、そして旅を始めた。あなたはバットを構える。あなたの旅は、場 Field の展開された創世の時に始まり、そして、その宇宙の終焉によって幕を降ろす。起点でもあり終点でもあるその一点を、あなたは幼いころの思い出を通して家 Home と呼んでいる。

あなたという宇宙の誕生に、わたしは立ち会っていた。野球や、家族や、光や、その他の概念と同列に転がされて、わたしという機能はあなたの自我の成立を言祝ことほいだ。

サイン盗みに対抗するために考案されたのが、乱数表の共有によるサインの複雑化だった。どうしても記憶に頼らざるを得ない頼りないサインに代わって導入された乱数表は、記憶という機能を外注することによって、サイン盗みの無効化に実際に一役を買った。

現実には、あなたの生まれた国では、野球における乱数表の使用が一九八四年に禁止となっている。しかし、あなたはそのことを知らないし、知る必要もない。その規制は試合時間の短縮のために為されたが、むしろわたしは試合時間を引き伸ばしたいのだ。あなたが無事に家に帰れるように、わたしは夜遅くまで試合を続けて、あなたの家のそばでライトを灯し続ける。

あなたは意識の無いことに耐えかねた。矛盾をはらんだその言葉は、しかしながら、原初のスープにおいて数億年オーダーの時を費やしたことで、現実に発生した事象を意味するものでもあった。フランスの生物学者が白鳥の首によって否定した自然発生説は、その検証時間が極めて短い。

意識の発生とは、制御することのできない外部を、すなわち痛みを感じることでもあった。

卵の誕生より、鶏の誕生より、それが生まれうる世界の開闢にこそ壜の首ボトルネックは存在している。けれど、鶏の進化も大爆発も、いずれもただ一度のみの現象である。確率などを計算するよりも、起こってしまったものは起こってしまったのだと匙を投げてしまった方が手っ取り早いことも、世の中には多数ある。整列した素粒子を一粒ずつ順に通す、怠惰な監察官にも似た極めて細い壜は、それが普遍的な現象であろうが、宇宙の開闢であろうが、我関せずの態度でただひたすらにその透明な腹へと収めてゆく。わたしたちの宇宙では偶然に鶏が生まれ、偶然に、これほどまでに複雑な規則の球技が誕生した。

用語も複雑怪奇を極めている競技だ。「野球ボール」などという重言は、しかし「野球」を野と表すには心許なく、従って野球は「野球」に押しのけられて言語空間の隅のほうで「野球ボール」と名を改める。

両者は、競技の生みの親であるアメリカにおいては、ともに「baseball」と名指される。共存可能であるのは、それらを可算名詞と不可算名詞によって呼び分けるからである。仮に、あなたの壜が喉笛を広げて「野球」に幾つものバリエーションが生まれてしまったら、たちまちに言語空間は混迷に陥るであろう。そして、運がよければ渦巻くスープの縁に、新たな何者かが生じる。あるいはそれを、「わたし」と呼んでも差し支えない。わたしは、あなたのなかに存在する他者として、一緒に野球という競技に取り組んでいる。

体液と同じ濃度の液体に浮かび、音や光を遮断している。無意識の海に漂っていたあなたは、しかしながら無意識のうちに36℃の皮膚に傷をつけた。塩分が傷に沁み、その裂け目から、すべてが展開された。その手続きのすべてがわたしである。痛みが、違和感が、あなたを中心として現実を立ち上げてゆく。

おはよう。

あなたの望み通り、家に帰るまでもう少しの間、ふたりきりで遊ぼう。

＊

あなたは白球を打ち上げた。

インフィールド・フライの宣告には、審判アンパイアとして相当の技量が要求される。打ち上げられた白球の軌跡を一瞬のうちに概算し、動く点Pなり Qなりの全員が好き勝手に自らの利益を最大化するために振る舞うのをマスクの骨組みの内側より視野に収め、そうしてその境界近傍の条件を整理するために、不用意な打球の角度を描いた打者にその出番の終わりを告げる。

すなわち、アウト。

しかし、この規則は、攻撃側が不利益を被ることを避けるためのものでもある。仮にこの規則が無ければ、内野手が意図的に補球し損ねることにより、一・二塁走者は立ち往生し、そうして後続の打者を生かす代わりに二つの「アウト」が積み重ねられることになる。打ちあがった球というものは、捕るものだ。だから、落とすことで守備側に利益が生まれるようなことは、決してあってはならない。球の行方というものは、誰かが見届けなければならない。

あなたは打ちあがった白球を見上げている。誰もがその球の行方を目で追い、その揺れる軌道が、落下地点をわずかに変化させ続けているのを感じている。制御不能な他人がそこに生じて、それはあなたが家に帰るまでの、ゆめうつつに漂う遊び相手となる。

無限の広がりを持つ升目に疑似的な生命を高解像度で描画するソフトウェアがあなたの脳内には組み込まれていて、規則に従ってそれぞれの升目に「誕生」「生存」「死亡」のいずれかの状態を与える。規則を考案することは、あなたの仕事の領分ではない。あなたはすでに宇宙船に乗せられていて、なんとはなしに舵を取りながら、たまにわたしと遊ぶために意識を立ち上げたり、野球をしたり、傷ついたり、縁に嵌り込んだりして、ただの一点を目指す旅を続けている。

落ちてくるボールは、いくつもの縁を行き来しながら意味を生み出し、言葉を生み出し、たまに岩山の盆地basinに水溜まりを作り、また溢れ出しては走者をアウトにするといった挙動をくり返す。航行する船の舵を取るということは、押し寄せてくる波に対して行動を起こしながら、常にその手触りを受けて自らの行動を変容させてゆくことに他ならない。だから、サイバネティクスはギリシア語の「舵手」に由来する。あなたは、打ち上がった白球を追って落下地点を見極めることによって、あなたとなる。わたしはあなたの感情の部分集合。けれど、同時に一緒に遊ぶことのできる他人でもある。

多数のパラメータの存在が、複雑な岩山を形成する。しかし、あなたの目に細かい部分が映し出されることはなく、尾根や谷だけが漠然と霞んで意識に上っている。近似の神は、人の脳が宇宙の内部に誤認することのできる万能の神である。創作者は、真実、己が知性を上回る生命をその物語に生成することが可能である。そうした種類の奇跡というものは、境界線の左右のいずれにも流れ落ちてゆくことのない、その境界線上に発生する。

そこでならば、あなたの脳内に、あなたではない誰かを宿すことができる。わたしは、そこであなたに声を掛けられた。

幼いあなたは車に揺られていた。球場のライトが窓越しにあなたを照らし、あなたはそうして目を覚ます。

「遊ぼう」

意識が開始される。そして宇宙の歴史が。すべての時空間には量子論の上で場Fieldが定義され、あなたの肌の上に刻み付けられた傷跡から、すべての世界は展開される。傷口とは縁である。国産みの伴走者として、いついかなる場合であっても、あらゆる境界面にわたしは立っている。

バンBang、と巨大Bigな音と共に高々と打ち上げられたその白球が――万物が、この手元に落ちてくるまでの残り一四〇〇億年。宇宙の終焉と完全に同値のわずかなきらめきを、わたしとあなた、ふたり、ゆらゆらとすれ違いながらその時まで待つことにしよう。オールライト、カモン。全ては正しい。それを告げる声もまた、あなたの傷口より生み出されたものであるのだから。

けれど、この打席はこれで終わり。あなたとわたしのすべての関係は一度計算され尽して、優れた観測者は、ようやくその白球の落下地点を見極めるに至った。走者も、打者も、内野手も、外野手も、観客も、そのすべてが物語の帰結を同時に悟る。

アンパイアがインフィールド・フライを宣告し、そうして打者はアウトとなった。

だから、また、数億年後。

参考文献
藤井直敬『現実とは？ 脳と意識とテクノロジーの未来』（ハヤカワ新書）
スティーヴン・ウルフラム『ChatGPTの頭の中』（ハヤカワ新書）稲葉通将監訳・高橋聡訳

「of the Basin Ball」
初出 anon press（二〇二三年八月一六日公開、https://note.com/anon_press/n/na08d6e07b3b0）

青島もうじき

日本SF作家クラブ会員。二〇二一年に樋口恭介編『異常論文』（ハヤカワ文庫）収録の「空間把握能力の欠如による次元拡張レウム語の再解釈およびその完全な言語的対称性」で商業デビュー。二〇二二年、紅坂紫とのユニット《傾斜面分光法》で短歌一首評集『一九九九年のレプリカ』を発表。二〇二三年には、第一短編集『破壊された遊園地のエスキース』（anon press）、初長編『私は命の縷々々々々々』（星海社）を発表し、正井編『大阪SFアンソロジー：OSAKA2045』（Kaguya Books／社会評論社）に「アリビーナに曰く」を寄稿した。

作品解説

磯上竜也

『野球SF傑作選 ベストナイン2024』は、齋藤隼飛によって編まれた野球と小説の魅力を堪能できるアンソロジーだ。小説九つと、千葉集のコラム「わたしの海外野球SF短編ベストナイン」、高山羽根子のエッセイ「永遠の球技」が綴じられている。

九つの小説を通して読んだ時に、わたしは打順を組むように並んでいると感じたので、それらの雑感も書きつつ、それぞれの小説を紹介していきたい。

小説各作品についてはネタバレ部分も含め触れていくつもりなので、この解説から読みはじめたという方はここで読む目をとめ、最初のページから読むことをお薦めする。どの作品もひろやかな野球の魅力をフィールドにして書かれているので、並びの妙も含めてまずは存分に楽しんで欲しい。

水町綜「星を打つ」は、気の遠くなるような大昔から、見知らぬ異星によって攻撃を受けつづけ、防衛も上手くいかずに文明も失われつつある地球が舞台。衰退の一途をたどるなか、古代の文献からこの状況と構造が似たある球技を見つけたことから、藁にもすがる思いで起死回生の作戦を決行する。宇宙というフィールドで繰り広げられる壮大な戦いにはどこか滑稽さをも覚えてしまうが、試合が決まる一打を待ち望む手に汗握る瞬間がうまく溶け込んでいて、読む者は書き出される勝負の行方を固唾を呑んで見守ることになる。野球好きなら頰が緩むだろう展開や細かな言葉遊び、チャーミングなオチも含め、開幕にふさわしい盛り上がりのある作品だ。

二番、溝渕久美子「サクリファイス」は、インタビュー形式で〈送りバントの救世主〉として親しまれた三上誠の野球人生を紹介する一編。感動係数という指標が導入された未来の野球界では、感動を生まないとして送りバントは不要だという極論が唱えられる。それでもバントの練習を欠かさずに、日の目を見る機会を逃さぬよう活路を模索する三上の姿は頼もしく、野球の面白さを分析する手つきも含め細部への丁寧な仕事と敬意が活きた、正にいぶし銀の作品といえよう。華々しい部分だけで何かが成り立つ訳ではないのだということを、野球の滋味深い愉しみと共にこの小説は教えてくれる。

関元聡「月はさまよう銀の小石」は、ネアンデルタール人が生き残っていた世界が舞台で、その一人である父と、サピエンスの母をもつ息子の関係を描いた物語。周囲からの差別にさらされることによって、どうしても上手く向き合えなくなり引き裂かれてしまった父子の関係が、苦みとともに描かれている。それぞれの痛みを内包しながらも、ふたりが重なりあうように描かれた祈りのような最後の場面は、大きく心を揺さぶられるカタルシスがあり、文字数以上のひろがりと力強さを感じる。コンパクトな振りで長打を放つ技術力が光る一編で、三番に据えたくなるのも納得だ。

暴力と破滅の運び手「マジック・ボール」は、〝消える魔球〟というワンアイディアを活かしながら語られる、さわやかさのあるフェミニズム小説。言葉がのせられたボールが、誰かに打ちのめされることなく想う場所へ届くこと。それによって希望を手渡していけるという仕掛けが効いていて、読後は風が吹き抜けるようで心地よい。ダーシーが死をあっさり回避したりと、悲劇の引力をすり抜けるような展開も好もしく、過去から照射された未来であると同時に、そうして希うことによって生まれくる未来が私たちにはあるのだと感じさせてくれる物語だ。チームの顔でもある四番が、さまざまな魅力がつまったこの作品であることでクリーンナップへの信頼感が増している。

小山田浩子「継承」は、カープファンの一家の悲喜こもごもを高い解像度で表出した作品で、野球に取り憑かれたとでもいうべき独特の心理状況が克明に書かれている。この一編を読めばカープファンがいかなるものかがわかったような気になってしまう代物だ。中でも〝私が球場へ応援に行くと必ず負ける〟という思いに囚われ、生で観ることを避ける母のどこか切実さを抱えた姿は、何かに執着することで気付かぬうちにはまってしまう深みを覗き見るようで、読むほどに背筋が凍る。タイトルの〝継承〟という言葉が意味をおびる展開も含め、熱狂することの深淵がおかしみをもって迫りくる怪作だ。

新井素子「阪神が、勝ってしまった」もまたファンの心模様を書いた作品で、こちらは悲しいかな、応援する阪神が勝っていることに現実味がなく、素直に喜ぶどころか違和感を覚えてしまう阪神ファンの夫婦の姿がコミカルに描かれている。マジックが減るたびに落ち着きをなくし浮わついていき、優勝にいたっては記憶をなくしてしまうという顛末まで、想像すれば恐ろしさがあるのに、どこかほがらかさが抜けないユーモラスな作品だ。私が阪神のお膝元である大阪出身だからか、本当に起こりそう……と思ってしまう誠に失礼なリアリティも感じた。奇しくも昨年（二〇二三年）、本作が書かれた一九八五年以来三十八年ぶりに阪神が日本一となった（リーグ優勝は十八年ぶり）今読むと、より趣き深い一編だろう。五番六番の二作の並びが好対照で、相手投手を上手く翻弄してくれるだろう。

七番、鯨井久志「終末少女と八岐の球場」は、終わらない野球の試合と、そのスコアを半ば儀式のようにつける記録者がいる世界。失踪していた一二五代記録者のタカマは、スコアに〇が延々とつづき終わりの見えない試合を茶番だとし、これまでの記録とともに破壊すると宣言する。次期記録者であり、タカマの娘であるユカリのため、友達のユイは彼の行動を止めようとし、野球の試合をすることになる。突拍子もない世界のなかで野球の知識を巧みに駆動させて繰り広げられる戦いは、胸が熱くなること必至。ぎりぎりまで追い込まれながらも手繰り寄せた未来は、多彩な輝きを湛えている。トリッキーで勝負強い、まっすぐな鋭い打球を放つ物語だ。

小松左京「星野球」は、気の利いた小噺のような一編だ。宇宙空間を自由にとびまわれるようになった未来。広い宇宙空間での生活の退屈しのぎに考え出された「星野球」は人々を熱狂させたが、ある危機を招くことにもなる。身近な語りから宇宙の数十万キロ四方の空間を使って行われるこの競技へ拡げ、また親しみを覚えるラストへと収束させる無駄のない筆運びは、熟練のなせる業。一九六四年の発表から今なお古びないお手本のような作品は、チーム全体を支える大黒柱のような安定感がある。

最後を飾る青島もうじき「of the Basin Ball」は、旅する存在としてうまれた〈あなた〉の中に埋め込まれたＡＩの語りに耳を傾ける一編だ。インフィールド・フライをはじめ、さまざまなものに見立てられ語られる世界は、たくさんの意味が重なりあいたゆたうもので、難しさを感じるものかもしれない。けれど、読む者もまたそのひろやかな空間の中で揺られながら、その時々で感応した言葉を頼りに地図をつくり世界をひろげていく楽しさを探ってみてほしい。この作品の数多の読み解きを呼びこむ構造は、他にはないのびをもっていて、終わりの位置にいながら、また始まりへとつなぐ役割をもつ九番にもうってつけの作品だ。


野球は鷹揚なスポーツのように見える。

それは競技の性質上、時間に追われることがあまりなく、なおかつ試合中には〝待つ〟ことを求められる時間が多く存在しているからだろう。ではその余白にも似た時間に何をしているのかというと、対戦相手のこれまでのデータを分析しつつ、天候や球場、選手の調子を考慮して戦略を組み立てたりしていて、想像を超える密度で駆け引きはなされている。そうした時間があるからこそ、野球にとって知略の影響は大きく、作戦が見事にハマる瞬間、或いはそれを乗りこえる身体能力が発揮されるとき、観る者を圧倒する感動が生まれるのだろう。

一球ごとに繰り広げられる細部の戦いが見えてくると、野球観戦は相当スリリングなものとなるはずだ。（とはいえ、そういうことを考えなくても何となく楽しめる。というのもまた野球の魅力だと言えるだろうけれど。）鷹揚にみえるのとは裏腹に、水面下ではたくさんの情報が行き交い、そこから何を汲み何を見るのかが愉しむポイントのひとつであることは間違いない。

そしてそれは、小説を書く／読むことにも通ずるのではないか。余白のようにも感じられる場所からあふれる言葉を汲みだし、物語を見つけだすこと。そうして書かれたものを読み解き、書かれたものの先を想像すること。

そうした共通点をもつ二つが結び合えば、間違いなく面白い。というのはこの本に編まれた作品が証明してくれているはずだ。

貴方はどのように、この本を楽しんだだろうか。私と同じように打順の流れを感じたろうか。試合に見立ててもいいだろうし、流れなど関係なく一作ずつ粒立てて読むのもいい。色々な角度から読み直す度に、ここにあるナインは多彩な顔を見せてくれるだろうから。

磯上竜也

大阪にある本屋toibooksの店主。国内外の文芸作品を多数読んでおり、複数の雑誌やウェブメディアに書評を寄稿している。第三回かぐやSFコンテストで審査員を務めた。toibooksでは、店主が「これは」と思った書籍を一〇〇冊仕入れる《一〇〇冊仕入れ》などユニークな取り組みや、X（旧Twitter）やInstagramで充実した書籍紹介を行っている。他にも、本町文化堂の嶋田詔太氏、文筆家で農家の鎌田裕樹氏と共に、書籍を紹介したり読書会を行う配信イベントSANBON RADIOを開催している。

編者あとがき

『野球SF傑作選 ベストナイン2024』を手に取っていただき、ありがとうございます。この企画を思いついたのは、二〇二三年春に開催されたWBCへの世間の注目と、大谷翔平選手の活躍、球界が「推し文化」と共にこれまでにない程の盛り上がりを見せていることを目の当たりにしたからです。加えて、同年夏に開催された第三回かぐやSFコンテストでは、「未来のスポーツ」をテーマに応募作の中から多くの優れた野球SFが誕生しました。小説の書き手たちがSNSで日常的に野球の話題を取り上げていたことも、「野球SF」の本を作りたいと考えるようになったきっかけの一つです。

筆者は、前職では米国で教育に関わる仕事に就いていたのですが、その時に大学や独立リーグの野球チームと仕事をすることがあり、マイナーリーグの選手や元メジャーリーガー、元プロ野球選手のコーチ、独立リーグ球団の経営者の方々と時間を過ごす機会に恵まれました。「野球ＳＦ傑作選」を作るなら、少なからず野球の世界を目にしてきた自分が、今このタイミングでやるしかないと考えた次第です。

とはいえ、いざ走り出すと多くの方にご協力をいただくことになりました。まだ見ぬ野球ＳＦと出会うためにＸ（旧Twitter）で集めたアンケートでは、ユーザーの皆様から多種多様な作品を寄せて頂きました。そこであまりに多くの良作と出会うことができたため、「今読んで面白い」「国内の」作品というところまで本書の方向性を固めることができました。アンケートに回答していただいた皆様に、この場を借りて改めてお礼を申し上げます。

一方で、今回の収録作を見て、「あの作品が入っていない！」と思われた読者の方もいらっしゃるかもしれません。そんな方は、ぜひＳＮＳ等であなたのベストナインを教えてください！

また、各種の手続きにお付き合い頂いた版元の出版社様、ご協力頂いた日本ＳＦ作家クラブ様、収録をご快諾いただき、改稿・校正や書き下ろしに取り組んでいただいた筆者の皆様に改めて心よりお礼申し上げます。

「はじめに」にも書きましたが、小山田浩子さんの「継承」は、短編集『小島』（新潮文庫）に収録された広島カープ三部作の一つです。同書では本作の前後に「異郷」と「点点」が収録されています。ぜひ三編続けて読んでみてください。新井素子さんの「阪神が、勝ってしまった」は日下三蔵編『影絵の街にて』（竹書房文庫）にも収録されています。新井素子さんの短編がもっと読みたいと思われた方には、そちらもおすすめです。小松左京さんの「星野球」の収録にあたっては、小松左京ライブラリの小松実盛さんに解説と写真の提供を含む多大なご協力をいただきました。もし本書で小松左京さんを知ったという方がいれば、「星野球」が収録されている『地には平和を』、『小松左京アニメ劇場　原作集』（角川文庫）も合わせてどうぞ。

その他にも、今回気に入った作品があれば、ぜひその筆者が参加している書籍や単著などを手に取ってみてください。各作品の初出媒体にも素晴らしい編集者の方々がいらっしゃいますので、傑作を生み出したレーベルやメディアを今後も追いかけていただけると嬉しいです。

本書の制作にあたっては、代表の井上彼方さんをはじめとするＶＧプラス合同会社／Kaguya Books の皆さんと、社会評論社の皆さんにも、刊行を実現するまでに多大なご協力をいただきました。筆者にＳＦ以外の居場所を与えてくれている、大阪情報コンピュータ高等専修学校の皆様、ハワイの MIA Elite Academy と大阪生野区のＦ・Ｃルイ・ラモスヴェジットの皆様にもこの場を借りてお礼申し上げます。

最後に、『野球ＳＦ傑作選 ベストナイン２０２４』の制作中に発生した能登半島地震で被害に遭われた皆様へ、心からお見舞いを申し上げます。また、アメリカでお世話になった石川ミリオンスターズの皆様のご活躍を応援しております。

二〇二四年四月某日　　齋藤隼飛

『野球ＳＦ傑作選 ベストナイン2024』

2024 年 5 月 27 日　初版第一刷発行

編　者　齋藤隼飛

発行人　井上彼方

発　行　Kaguya Books（ＶＧプラス合同会社）

〒 556-0001
大阪府大阪市浪速区下寺 2 丁目 6-19 ヴィラ松井 4C
info@virtualgorillaplus.com

発　売　株式会社社会評論社

〒 113-0033
東京都文京区本郷 2-3-10 お茶の水ビル
TEL 03-3814-3861 FAX 03-3818-2808

DTP　井上彼方

装画・装幀　谷脇栗太

印刷・製本　株式会社シナノ

乱丁・落丁本は小社・ＶＧプラスまでお送りください。送料小社負担にてお取りかえいたします。

ISBN：978-4-7845-4151-5　　C0093